知性财经

李彬 ◎ 著

中国金融出版社

责任编辑：黄海清
责任校对：潘　洁
责任印制：程　颖

图书在版编目（CIP）数据

知性财经（Zhixing Caijing）/ 李彬著 . —北京：中国金融出版社，2018.1

ISBN 978-7-5049-9402-8

Ⅰ . ① 知… Ⅱ . ① 李… Ⅲ . ① 随笔—作品集—中国—当代 Ⅳ . ①I267.1

中国版本图书馆CIP数据核字（2018）第016767号

出版
发行　**中国金融出版社**

社址　北京市丰台区益泽路2号
市场开发部　（010）63266347，63805472，63439533（传真）
网上书店　http：//www.chinafph.com
　　　　　（010）63286832，63365686（传真）
读者服务部　（010）66070833，62568380
邮编　100071
经销　新华书店
印刷　北京市松源印刷有限公司
尺寸　169毫米×239毫米
插页　8
印张　9.5
字数　146千
版次　2018年1月第1版
印次　2018年1月第1次印刷
定价　39.00元
ISBN 978-7-5049-9402-8
如出现印装错误本社负责调换　联系电话（010）63263947

2001 年 3 月 12 日，参加全国"两会"采访报道

2008 年 7 月 5 日，"2008 中国汽车产业发展论坛"上
与上海汽车集团董事长胡茂元交流

2013 年 5 月，推出"珍珠焕彩"公益助学计划——圆梦篇

1

2013 年 6 月，推出"珍珠焕彩"公益助学计划——理想篇

2015 年 11 月 30 日，接待安记食品新股发行网上路演

2015 年 12 月，"沃德财富基金优选服务投资报告会"走进广州

2016 年 12 月 28 日，接待清源科技新股发行网上路演

2017 年 5 月 23 日，在"中国信托业峰会"上讲话

2017 年 12 月，在上海证券交易所大厦

[金治理奖]

2016年度"金治理·上市公司优秀董秘"评选活动日前落幕。共有150名上市公司优秀董秘分享信息披露、投资者关系、持续回报、社会责任和资本创新等五大奖项。在中国经济新常态背景下，这批上市公司优秀董秘群体勤勉尽责，积极推动上市公司创新发展，赢得了社会及广大投资者的广泛尊重和好评。

[金治理]
信息披露
公司董秘奖

作为上市公司的"发言人"，他们勤勉尽责，忠于职守，切实履行上市公司信息披露义务。2016年，他们坚守股东利益和公司利益，以充分全面、严谨合规的信息披露维护证券市场公开、公平、公正的原则，让市场各方全面及时地了解公司最新发展动态，推动公司可持续发展。他们通过自己的辛勤付出，为公司赢得了市场的认同和尊重。

 日照港 余慧芳
 中国石化 黄文生
 西藏药业 刘岚
 中国中车 谢纪龙
 方正证券 熊郁柳
 丰东股份 房莉莉

 海澜之家 许庆华
 时代新材 季晓康
 冀信电气 牛希红
 世茂股份 俞峰
 同济科技 骆君君
 东方电缆 乐君杰
 纽威股份 张涛
 新希望 向川
 万和电气 卢宇阳
 索菲亚 潘雯姗

2017 年 1 月 10 日，推出 2016 年度"金治理奖"

中直股份 顾韶辉
 宁波联合 董庆慈
 明星电力 唐敏
 弘业股份 王翠
 黄河旋风 杜长洪
 中国巨石 李畅

 城市传媒 马琪
 延长化建 赵永宏
市北高新 胡申
欧亚集团 席汝珍
中储股份 薛斌
  九州通 林新扬

 贵人鸟 周世勇
 歌力思 蓝地
美的集团 江鹏
  宏润建设 赵余夫
  奥维通信 吕琦
 章源钨业 刘恬

 鸿路钢构 汪国胜
 博彦科技 韩超
 东江环保 王恬
  当升科技 曲晓力
 福安药业 汤沁
 地尔汉宇 马俊涛

 贵州茅台 樊宁屏
 老凤祥 周富良
 浦东金桥 严少云
  陆家嘴 王辉
  中粮屯河 蒋学工

 宏发股份 林旦旦
  建设银行 陈彩虹
  翠微股份 姜荣生
  莎普爱思 吴建国
  伟明环保 程鹏

 福星股份 汤文华
 华东医药 陈波
 陕天然气 梁倩
 洋河股份 丛学年
  星网锐捷 刘万里

奋达科技 谢玉平
龙洲股份 蓝能旺
友邦吊顶 吴伟江
泰胜风能 邹涛
国祯环保 节燕来

[金治理]
投资者关系公司董秘奖

他们是推动投资者关系良性发展的典范和代表。2016年，他们与机构投资者、中小投资者以及市场参与方积极沟通，将公司战略意图、执行情况，以及公司最新动态等及时、公开、透明地传达给了市场各方。由于他们的持续努力，促进了投资者尤其是中小投资者对上市公司的深度认知，推动了资本和公司的良性互动，从而更好地树立起公司在投资者心目中的良好形象。

 大名城 张燕琦

 重庆啤酒 邓炜

 浪莎股份 马中明

华能国际 杜大明

 江苏吴中 朱菊芳

中煤能源 周东洲

 川仪股份 杨利

华映科技 陈伟

 视觉中国 柴继军

荣之联 史卫华

佛慈制药 吕芝瑛

金河生物 邓一新

葵花药业 田艳

 安科生物 姚建平

 保利地产 黄海

 东风科技 天涯

 岷江水电 肖劲松

 宁夏建材 武雄

 京能置业 朱兆梅

 新五丰 罗雁飞

 交通银行 杜江龙

 海天味业 张欣

 应流股份 林欣

 中信海直 徐树田

 云南白药 吴伟

  加加食品 彭杰

报喜鸟 方小波

丽鹏股份 李海霞

联发股份 潘志刚

比亚迪 李黔

[金治理]
资本创新公司董秘奖

2016年，中国经济发生深刻变化，宏观经济进入调结构稳增长的新常态，供给侧结构性改革被寄以厚望，资本市场也在逐渐修复。这一年，上市公司资本运作继续风起云涌，身些企业资本创新前沿的这批优秀董秘，在激烈的市场竞争中尽情施展才华与能力，创新思路，锐意进取，用他们的智慧与才干助推企业转型发展。

 浙江富润 卢伯军

 国金证券 周洪刚

 东方航空 汪健

 紫江企业 高军

平高电气 常永斌

宜华生活 刘伟宏

 科达股份 姜志涛

 恒立液压 丁浩

合锻智能 王晓峰

 柳州医药 申文捷

嘉凯城 李怀彬

高升控股 张继红

招商蛇口 刘宁

传化智联 朱江英

 春兴精工 徐苏云

民丰特纸 姚名欢
 金枫酒业 张黎云
 三爱富 李莉
 东阳光科 陈铁生
 山西汾酒 王涛

 东北证券 徐冰
 金陵药业 徐俊扬
 得润电子 王少华
 东方海洋 于德海
 大连重工 卫旭峰
 世联行 袁鸿昌

长盈精密 徐正光
 世纪瑞尔 朱江滨
金城医药 朱晓刚
冠昊生物 周利军
慈星股份 傅桂平

 保税科技 邓永清
 天业股份 蒋涛
 申通地铁 孙斯惠
 中航动力 赵岳
厦门空港 朱昭

 河钢股份 李卜海
 景峰医药 欧阳艳丽
 青岛金王 杜心强
 东南网架 蒋建华

 东易日盛 王薇
 回天新材 章宏建
 汤臣倍健 胡超
 维尔利 宗韬
 海达股份 胡蕴新

[金治理]

社会责任公司董秘奖

社会责任是公众公司实现环境、经济和社会可持续发展的重要内容。2016年，这批优秀上市公司董秘在推动企业的创新发展中，始终把社会责任放在公司发展的重要位置。在他们的积极努力下，企业将社会责任意识融入发展实践，以科技创新支持绿色制造和环境保护、以公益行动扶贫济困。在支持地区经济发展及社会共享企业发展成果方面取得了瞩目的成绩；不仅为企业赢得了信誉和口碑，而且提升了企业的核心竞争力。

 海航基础 春军法
 山东黄金 邱子裕
 大连圣亚 丁霞
 中航资本 王晓峰
天海投资 武强

 东旭光电 龚昕
 兴业矿业 孙凯
 大通燃气 郑蜀闽
 中信国安 张荣亮
 法尔胜 张文栋

 万安科技 李建林
 麦趣尔 姚雪
 金一文化 徐巍
 雪曼股份 罗竝
 花园生物 喻铨衡

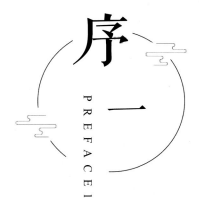

序一

PREFACE I

回首二十载光阴岁月，中国金融业用发展这一主旋律，绘就了一幅宏大的画卷，成为推动中国经济快速增长的血脉。作为资深财经媒体人，李彬很幸运地较早置身其中。她在书中，用散淡的笔触，勾画出与财经业共同成长并积极推动的事业脉络，无疑是非常丰富的人生阅历，非常有意义。

从不成熟，到不断走向规范，中国内地资本市场的发展经历了起起伏伏。李彬从专业财经媒体的视角，描述了资本市场二十年的成长历程，对资本市场存在的深层次问题，有着客观、专业的认识。尤其是工作中常年与上市公司打交道，她对上市公司的了解更为深刻，看到了中国内地上市公司群体二十年发生的积极变化。一批世界级企业的涌起，将是中国经济走上世界的坚实基础。

改革开放，带来了中国金融业发展的市场化与国际化。中国一大批金融机构在改革开放的浪潮中经受了成长的洗礼，也分享了中国经济高速增长的巨大红利。李彬在书中描述了中国银行业、信托业以及基金业这些年的发展，一批金融机构从成长初期的弱小和青涩，到不断提升核心竞争力，成为行业领军企业，尤其是中国的一批银行业上市公司，已经开始走向国际的更大舞台。

不忘初心，回归本源。金融业是建立在信息和信心基础上的特殊行业。金融的核心功能是克服信息不对称的阻碍，对经济风险进行定价和交易，从而有效分配

经济资源要素，实现社会效用的最大化。金融只是工具，提高实体经济的效率才是其根本目标。我作为一名金融监管者，一直强调，金融业的发展要回归本源。当前，无论是金融业，还是资本市场，都面对着助推中国实体经济发展的历史责任与使命，这也是金融业的本质。新的历史时期，金融业与资本市场的创新，无疑需要紧紧围绕推动实体经济的发展来进行，从而将中国高端制造业的发展带向新的高度，让中国制造具有世界竞争力。

财经业的风云激荡中，李彬对公益扶贫事业格外看重。很早，她就身体力行，还积极联合众多金融机构与上市公司，共同推动这项造福社会的事业落地开花。作为一名女性，李彬对财经女性的优雅表示偏爱与追求，在书中展示了人性之善与人生之美。

有大爱之人，有大格局。希望本书带给读者更多隽永的回味与思索。

中国银行业监督管理委员会国际部主任　范文仲

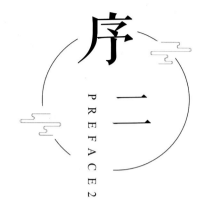

序二

PREFACE 2

我国经济走过了四十载改革开放的峥嵘岁月，资本市场的变迁与发展更是其中最为波澜壮阔的篇章。李彬作为一名杰出的财经媒体工作者，亲历了资本市场二十年来的发展与变革，这二十年见证了我国资本市场从无到有、从小到大、从大到优的伟大创新，也见证了李彬个人坚守初心、寄情工作、收获梦想的可贵成长。

可以说，李彬个人的成长与中国资本市场的发展紧密相连，她是市场的观察者，更是时代的创造者。我们很高兴地看到，李彬将自己亲历资本市场发展的二十年心路历程整理成为《知性财经》，以独特的视角与敏锐的思维，带我们领略有温度、有情怀的财经岁月。

我国资本市场的发展是信息质量不断提升的过程。资本市场的使命是资金在供给方与需求方之间的优化配置，信息披露的效率和质量尤为关键。李彬从《上海证券报》记者做起，直至报社管理层，为我们梳理了我国资本市场信息披露逐步规范化的发展历程。

在资本市场发展初期，上市公司的财务信息、关联担保、关联交易等行为不甚规范，造成一些行业乱象。ST粤金曼、棱光实业的失败令我们扼腕叹息。之后企业财务质量不断提升、国有企业股份制改造不断完善，是资本市场发展的长足进步。

我国资本市场的发展是市场制度建设不断完善的过程。资本市场是瞬息万变的，需求方和供给方在不同时间和不同情境下，始终处于动态均衡的过程中，市场制度建设也因此动态发展。除了监管方和市场参与方的主动工作外，媒体的监督报道也起了发现问题、提出问题、讨论问题、解决问题的积极作用。书中关于中国国航、永辉超市等上市公司的精彩案例也带我们回顾了市场制度的发展，展示了媒体人在市场发展进程中起到积极的推动作用。

我国资本市场的发展是多层次、多主体。随着中国证券市场二十多年的发展，除了对股票的直接投资外，基金业和信托业也蓬勃发展。在现代金融理论的支撑下，基金行业和信托行业应对竞争的核心竞争力是主动管理能力，实现差异化转型发展。此书的第四章对此着重提及，明确指出"投资能力，决定基金公司竞争力"。作者也亲历了新三板的发展，对新三板流动性不足等瓶颈问题提供了深入思考，对于我们理解多层次资本市场的构建具有重要意义。

李彬在书中还分享了自己在中欧商学院进修和学习的宝贵经历。书中分享了Richard Sylla教授提出"我余生必有一场金融危机"，认为负利率政策扭曲了投资者与消费者的最优决策，造成宏观金融环境的非稳定性，可能埋下了下一次金融危机的隐患。就我的研究而言，目前金融国际化趋势日渐显现，跨国资本流动带来了组织变革和业务创新，金融要素在不同时空环境下的叠加既孕育着机会也暗含着风险，对监管方和从业者提出了更高的要求。我国目前的确存在爆发系统性金融风险的潜在可能，主要的风险点包括银行不良资产、地方政府债务与国有企业债务、房地产市场尤其是潜在的资本外流等。目前我们也看到决策层控制系统性金融风险的决心，十九大报告和金融工作会议均提出"金融为实体经济服务""去杠杆以保证金融稳定"等观点，对于宏观金融环境的稳定十分重要。

李彬还用独特的女性视角分析了从业二十年以来对生活和工作的理解，有出入职场时整理公告的辛苦、出差路演时的忙碌，也有闲暇时的宁静，与友人交流学习的成长。李彬爱好艺术品与收藏，不仅对艺术品收藏产业具有深刻见解，也通过欣赏艺术进一步理解生活、热爱生活。优雅、乐观、积极、从容，李彬的生活态度值得每一位职场女性学习。

相逢意气为君饮，系马高楼垂柳边。李彬用诗意的文风和我们分享了二十年知性财经岁月中的所思所想。我们也很期待看到我国资本市场的发展不断规范，为实体经济建设提供更高效的血液支持。

长江商学院金融学杰出院长、讲席教授　欧阳辉

目录
CONTENTS

知性财经

开 篇

世间美景，皆是情深

　　清风拂面，有风铃声悠扬，抬眼望去，一抹秋色映入眼帘。轻叹流年，弹指一笑间，在财经媒体行业已走过二十年。

　　从前的日子总是那么忙碌，难得有一份闲暇的时光，可以梳理岁月的片段。如今，打开满满的季节记忆，翻阅着过往的一页一页，流淌出一个别样的财经世界。

　　那些闪亮的日子，一幕幕闪现。很多感动，很多怀念，点点滴滴，抒写往昔的财经流年。

　　红尘三千，不问花开几许，只问浅笑安然。二十载花开花落，二十载专业求索，二十载风雨兼程。

　　这段岁月，这段旅程，见证了中国内地资本市场的一个发展时代。感谢那个改革开放的年代，一代人循着一个约定的指向，向着一个奋斗目标，勇往直前，坚定前行。最终，百转千回，拥抱春天。

　　时代赋予我们巨大的人生机遇，赋予我们无数个可以施展才华的舞台。中国改革开放的巨大红利，带给我们历史性的光荣与梦想。

山一程，水一程。回望曾经走过的路，资本市场一步步探索发展而来，凝聚着一代人的勇气、智慧与努力。从初创的不成熟与野蛮生长，到激情澎湃的改革与创新，以及不断加强规范与发展，其中经历了种种的不平静与不平凡，也是中国改革开放近四十年发展的写照。

我们这代人有幸见证了资本市场的重要发展阶段。更重要的是，作为权威财经媒体人，发挥了市场参与者、建设者和推动者的积极作用，足以欣慰与自豪。

此情可待成追忆？只是当时已惘然。感谢岁月，感谢成长。二十年的财经岁月，馈赠了一份如此宝贵的人生财富，沉甸甸地载我前行。

一念起，万水千山。资本市场，是一个挑战和考验人性的市场。无论是天下熙熙皆为利来，还是自以为可以翻手为云覆手为雨。在资本市场行走，最忌讳欲望无边，最怕贪婪过度，欲望与贪婪最终毁灭了无数个投机者的梦想。保持一份淡定、专业、敬畏，才能持久长远。只是身在其中，很多人，难以抑制内心的膨胀。

十年一梦。梦醒时分，回首望过，多少樯橹灰飞烟灭。无论是上市公司，还是监管部门以及证券公司、基金公司、私募基金和草根散户，多少人，被这个市场的洪流所裹挟，迷失了方向，最终，被历史的潮流淘汰出局。

这也让许多做投资的人，或发自初心，或标榜自身，纷纷转向对佛学和禅学的兴趣与研究，希望修炼和修行自己，追求一份投资和人生的更高境界。只是，大多数人，历练不够，境界不够，最后往往形似而神不似。修行之路，漫漫。

看流年似水，往事不可追。或美好，或惆怅，或淡然，或遗憾。无论怎样，时光一去不返。唯有回音缭绕，空山不见人，复照青苔上。我在时光的隧道中穿行。

锦瑟无端五十弦，一弦一柱思华年。年轻时经常感伤，为赋新词强说愁。随着年轮的增长，阅过万千风景，则愈发成熟与包容。窗外秋叶翩然飞舞，秋叶飘飘，亦是一份随缘的自由。

风吹麦浪。看过的世界越大，对一切越是怀有谦卑。心存敬畏，如履薄冰，才能走得更长远。在资本市场行走，尤其如此。

滢滢一秋水，山水共长天。今秋，中国又站上一个新的历史时点。浪奔浪涌，在汹涌澎湃的新一轮改革大潮推动下，资本市场正肩负着一系列新的使命。深化金融改革、健全金融监管体系、服务实体经济、控制金融风险，实现中华民族伟大复兴的光明前景和璀璨未来，资本市场任重道远。

历史性的机遇，呈现在新的时代。谁的等待，恰逢花开。是生命，还是季节，总是带给我们不断深邃的思考。

从中国出发，向世界流浪，千山万水，天涯海角，一直流浪到中国故乡。这是木心先生的一段话。走过万水千山，心中更多充满对中国的热爱之情。

高高山顶立，深深海底行。站在一个新的季节，一任长发飘柔如水，看秋意缠绵，秋色斑斓。

世间美景，皆是情深。在淡然的行走中得到精简和从容，此时，天高云淡，秋韵悠远。

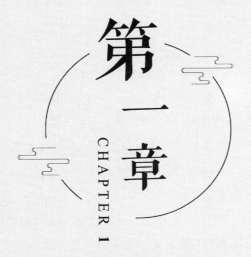

第一章

CHAPTER 1

证券新闻，心有千千结

时光匆匆。一直以为，十年前就是1997年，没想到，一转眼已经二十年。

1997年3月，偶然与幸运，掀开人生新的一页。作为高级人才引进，我走进《上海证券报》，当时是中国财经界分量最重的一份大报。

心怀喜悦与忐忑。对新闻行业，我充满着热爱，对经济采访报道，我还是比较在行。但对资本市场了解不够纵深，对证券行业的专业性不够熟悉。

不过，年轻真好，可以肆意挥洒青春。心想，无论是时政还是经济以及财经，都有新闻要素相通与贯穿。心无畏惧，跃跃欲试，满怀期待与憧憬。

优雅的衡山路，承载着我的财经梦。每天从衡山路住处出发，一路地铁和小巴，"漂洋过海"赶到浦东。彼时，报社刚从外滩搬到浦东这片改革开放的热土。

公司新闻是财经新闻的核心。很幸运，我被安排在公司新闻部做记者，负责公司新闻报道。每天新闻报道的来源，主要来自看上市公司的公告发现问题或者新闻线索，对上市公司的财务报表进行专业分析发现问题，以及深入实地调研采访公司。

那时，上市公司运作极不规范，存在各种大大小小的问题，甚至公然造假，比比皆是。我们每天噼里啪啦引爆一个个问题公司的"地雷"，写出一篇篇振聋发聩的文章。

公告，公告，魂牵梦萦

当时，乃至很长时间，令我和我的同事们魂牵梦萦的，是每天下午三点以后开始的值班做上市公司公告新闻。

每个证券交易日收市后，上市公司都要把公司第二天需要披露的所有公告事项分别发给上市所在地的沪深两个交易所，经交易所审核好后发到指定信息披露媒体。报社业务分两部分：一部分人员负责落实好第二天见报的所有公告业务，也就是信披记者及人员；另一部分负责值班做上市公司公告新闻，就是公司新闻部记者的工作。

紧张忙碌的一个晚上，要把沪深两市的公告新闻都做出来。这是一份极其琐碎繁重、考验专业水准，又可以发现重要新闻的工作，既是一份脑力工作，也是一项体力劳动。我们要楼上楼下地跑，先到报社总编室取公告，然后在复印机上一张张地复印，再回到办公室根据公告一个个研究琢磨出新闻。

公告一般无小事。上市公司宣布有重大对外投资、与大股东之间有关联交易、公司对外担保、公司发生诉讼案、公司被举牌等，临时公告、董事会公告、股东大会公告，林林总总。常常当天的公告只是引子，做出新闻，还要把公司之前的公告、报表的资料夹子都翻出来，前前后后几年情况都梳理出来并仔细分析，一篇新闻稿件才完善和成稿。重大新闻要刊发到头版，头版编辑就在那边等。其他新闻放在公司版面，公司版编辑一直都在等。

往往重要公告，无论是重要公司的重大公告，还是问题公司的重大公告，都会拖到很晚时间，经交易所公司部审核好后发到报社。尤其是内地与香港两地上市的H股公司，公告每次来得都最晚。我们常常是一遍遍地催和问，催上市公司，问报社总编室或者交易所公司部的值班同志。有的时候等啊等，就坐在办公室椅子上眯了一觉。最后弄完结束，基本都已经快半夜。夜晚十一二点钟，踩着一路星光，往回走。

也正是在那个时候，我们与上海证券交易所的许多公司部的审核员，逐渐结下"战友"般的深厚情谊，共同为推动中国资本市场的健康发展奉献着青春、激情与智慧。

早期那个时候，没有发达的互联网，走过八千里路云和月，更多的是面对面沟通。每逢半年报和年报披露季到来，大多数的沪市上市公司经交易所审核好后，公司高管就赶往报社，安排信息披露公告和版面，经常是晚上八九点钟，还坐在会议室仔细进行校对核查。

遇到有新股发行，上市公司和投行机构的人员一道过来，浩浩荡荡，坐在会议室认真校对版面，场面蔚为壮观。对于我们值班记者而言，遇到重大公告事项，就可以与当天发公告的上市公司的高层人士进行现场采访交流。

令我们值班记者最纠结的是，每次晚上值班做公告新闻和公告速递，由于时间紧张匆忙，每每不小心，就有可能看错公告或者历史资料中的各种数据，在公告新闻或者公告速递中出现错误。无论小错还是大错，对市场都会带来不同的影响。那个时期，证券报纸一言九鼎、洛阳纸贵，在市场最权威、影响力太大。

如果第二天一大早，手机铃声将睡梦中的我惊醒，那真是心惊肉跳！心想：哎，哪里出错了呢？如果是小错，尽量小事化了。如果大错，报纸就要刊发更正。我们部门每位同事每次值班公告，都是战战兢兢的，期待一周的时光平平安安。

如果你爱他，就让他值班做公告，一周可以写出很多新闻稿子，一个月的工作量冲刺完成。如果你不喜欢他，就让他值班做公告，一个星期披星戴月，回家躺在床上，还要思前想后和提心吊胆。这已成为我们部门同事之间彼此的调侃。

正是这种专业严谨的锻炼与磨炼，培养了我们对财经报道的严肃与端庄。几年值班做公告新闻打下的基础，让我和同事们都受益良多。

最初进报社时，还做期货报道。那个时候，期货市场由于过度投机与疯狂，已经遭到国家清理整顿，全国期货交易所由几十家减少到不到十家。我最早采访过上海黄海期货公司，是当时全国比较大的期货公司之一，采访之前就听说，公司原老总因炒期货巨亏跳楼自杀，公司已经历重新调整。采访后我写了《沉舟侧畔千帆过》的稿件，但这件事让我对期货投机性有了深刻的认识，一直心有余悸。

那个年代，是新闻理想飞扬的时代。一批优秀的人聚集在媒体行业，追求着新闻的使命与人生的价值。做财经报纸其实很辛苦，越到晚上越忙碌。报社采编人员的作息时间，尤其是编辑们和出版部同志，基本是作息晨昏颠倒。许多编辑同志半夜三更下班回家，与星星和月亮同行，听起来浪漫，一年三百六十五天下来，就留下了种种莫名其妙的习惯和身体的不适。

特别是每年的年报披露季，随着上市公司和基金公司数量的不断增长，年报的版面每年随之增加。年报高峰期，一份份上市公司和基金公司的年报扑面而来，从几百个版到上千个版，报社信披制作人员加班加点忙到深更半夜。

感触很深。负责报社管理工作后，作为副总编辑，每个月定期值班，负责签发当日的版面。有一年年报期间，当我签好最后一个版面的时候，已经是早上五点钟。迎着朝阳，回家休息一会儿，然后再接着回来上班，给大家开会。

2017年诺贝尔生理学和医学奖项颁给了对生物钟基因的研究，研究结果是熬夜会让人变丑和变笨。而当年乃至现在，财经媒体从业人员就是在生物钟错位的嘀嗒声中度过。年轻的岁月，充满了对理想的追求和激情澎湃。那时候，我们无怨无悔。

落花流水春去也。如今，回首望去，那个时代的一大批上市公司经历了亏损、重组、卖壳等种种波折，资本市场沉沉浮浮，公司最初的一代"创业者"已经在这个市场不见了踪影。尤其是当初名震一时的几大证券公司以及证券市场一批风云人物，随着一个个重大历史事件的发生，只留下了一个个历史的背影，无以言说。

财务报表，折射公司变迁

改革开放，让中国用二三十年的时间，走过了发达国家上百年走过的路。

证券市场是舶来品，是改革开放和市场化的产物。从初创时期的不成熟，到逐步规范、完善以及发展，上市公司的足迹以及变迁，浓缩在定期报告披露时的一张张财务报表中。

1991年证券市场创立后，从最早一批"老八股"改制上市，直至相当长一段时间，上市公司存在的改制不彻底问题和证券市场弥漫的散户投机文化，一直成为困扰和制约市场发展的突出问题。

那时在证券报社做记者和写稿子，最牛的记者是看得懂和会分析上市公司的财务报表。每当年报披露季翩然而至，公司部记者每天一大早赶到报社，集中精力分析研究问题公司的问题年报。

从上市公司的财务报表中，每每可以发现公司隐藏的一系列问题，巨额亏损、大股东占用、大比例计提、财务报表被出具保留意见、否定意见、拒绝意见，五花八门。每一份财务报表，都可以分析发现出程度不同的问题。问题公司的报表，更是漏洞百出，经常是报表一出，市场一片哗然，投资者大跌眼镜或者是"大跌眼睛"。

大学时代，我喜欢沉浸在风花雪月，喜欢读朦胧的散文和诗。自己也经常挥笔写出一篇篇的散文诗，公开发表。到了证券报社，整天与数字打着交道，每天看着K线图，翻着财务报表，确实专业和严谨的程度要求很高。尤其是，经常面对着一张张漏洞百出和财务造假的报表，需要练就"火眼金睛"。

采访中有幸结识一批优秀的财务分析"老法师"，向他们请教，一项项学习报表分析。同时自己报考经济学硕士专业，不断深造，强化学习经济、金融与财务管理的知识。

立信会计师事务所合伙人戴定毅老师和申达股份副总丁振华老师，那时成为我的坚强后盾，经常给我讲解，令我受益良多。早期对红光实业、粤金曼、渝钛白、双鹿实业、农商社等一批巨亏甚至资不抵债公司的深入报道分析，对一大批公司粉饰财务报表甚至造假行为的监督批评，都是努力学习专业知识的结晶。

内地资本市场的发展史，实际上，也是在对上市公司财务报表不断规范和严格要求的企业会计准则逐步完善的历程。

早期，上市公司这种粉饰财务报表甚至造假的行为普遍存在，严重影响了资本市场会计信息的质量。随着一家家公司造假行为的接连暴露，对证券市场和注册会计师行业带来了巨大的诚信危机，证券市场也面临着被边缘化的危险。

严厉打击和规范上市公司粉饰财务报表的行为，不断提升企业会计信息质量，成为一段时期资本市场的重要工作。1998年3月，财政部发文，要求企业制定并规范现金流量表的编制。上市公司的年报披露开始包括资产负债表、损益表和现金流量表共三张报表的编制。现金流量表编制的增加，使投资者可以及时了解和评价上市公司获取现金的能力。

遵循谨慎性和真实性的会计准则，2001年初，财政部〔1999〕35号文要求企业计提会计准备从四项扩大到八项。新增了计提短期投资跌价准备、存货跌价准备、长期投资减值准备、应收账款坏账准备总计四项计提，使上市公司过去执行的四项计提被八项计提所替代。

诚信是市场经济的基石。2001年美国发生安然公司破产案以及财务欺诈案的相关丑闻，引起全球经济界的震惊，会计行业面临着诚信危机的挑战。2001年时任国务院总理朱镕基为北京、上海、福建三所国家会计学院亲笔题下四个大字"不做假账"，在业内引起巨大的震动和反响。朱镕基总理强调，中国政府特别重视会计职业道德建设，要求所有会计人员必须做到"诚信为本，操守为重，坚持准则，不做假账"。

大江东去浪淘尽。回首资本市场近三十年的发展，第一批以及早期上市的公司和创始企业家能够留存下来的，已经屈指可数。不少企业家，或者企而优则仕，转入为官一方，或者公司被兼并重组，不见了踪影，或者因财务造假以及腐败问题，被绳之以法。

翻阅资本市场上市公司历年的财务报表，可以看到，经过近三十年的发展，

上市公司整体的会计信息质量，已经从期初的不规范，到逐步走向完善和提升。财务报表，折射出上市公司群体的变迁以及成长。

中国内地证券市场早期的不成熟不规范，让那个时代证券新闻频出。投机的时代，机会多多，不少人沉浸于炒股票的乐趣中。而我们部门同志大都对写稿子很投入，大家在业务上互相学习，经常交流探讨，每个人在业内都很有名气。报社的那些很资深的编辑同志，爱岗敬业，任劳任怨，经常给予我们很多的帮助和建议，报社专业气氛浓厚。

我对财经新闻工作充满热爱，每天以采访和写稿子为乐趣。当时浦东百废待兴，街道两旁经常是连棵树都没有，夏天出去采访，太阳火辣辣地照着，也没个地方遮阴。交通还不发达，挤个公交车，车上塞得满满的都是人。我经常浦东浦西来回跑，很辛苦。晚上很晚下班，一出报社门，周边还有农田，黑乎乎的，常常担惊受怕。每逢周末，我经常到报社加班，自我施压，学习和钻研财经专业知识。

很快，我对上海本地上市公司很多都已熟悉，因为经常到公司采访，积极参加公司股东大会。一批问题公司遍布全国各地，就出差深入到各地调研采访。从南到北，从东到西，粤金曼、俞钛白、松辽汽车、鞍山一工、辽房天、康赛实业、兰州黄河、琼华侨等，我都分别进行了调研采访，了解到公司存在的一系列问题，写出了一篇篇具有深度和分量的文章。

就这样，一路走过。每天翻着报纸，看到稿件刊发，闻着油墨香，很有成就感，比炒股票赚钱还开心。可能这就是新闻人的特质。几年努力，在资本市场已很有影响。

粤金曼资不抵债，创纪录

每股净资产–4.69元！2000年4月3日，上市公司1999年度年报披露进入高峰之际，ST粤金曼的年报也翩然亮相。结果我们发现，这天披露年报的ST粤金曼资不抵债创下新纪录，该公司资产负债率高达154%，已成为当时两市资不抵债最严重的公司。于是，我和年轻记者郎朗赶紧深入分析，推出对其年报分析的报道。

就在1998年年报中，ST粤金曼每股净资产还有3.37元。而ST粤金曼1999年年报推出，每股净资产为–4.69元。之所以出现这种剧变，最主要的原因是，ST粤金曼对应收账款提取巨额准备并且追溯调整，导致资产缩水极为严重。

1999年年报显示，截至1999年末，该公司对粤金曼集团和"潮州金南食品公司"的其他应收款余额达11.68亿元，计提坏账准备7.05亿元，尤其是粤金曼集团占用公司资金高达9.95亿元。对于该公司的巨额关联应收款项，会计师再次出具了无法发表意见的审计报告。

ST粤金曼以往仅对应收账款按千分之三提取准备，执行计提政策后，三年来的利润和资产状况面目全非。经追溯调整后，1997年提取坏账准备减利3.42亿元，当年由盈利变为亏3.6亿元；1998年提取准备减利4.99亿元，当年调整后亏损额高达7.14亿元，每股净资产迅速跌至–3.05元；1999年公司再亏2.20亿元，每股净资产进一步跌至–4.69元。ST粤金曼净资产已从1997年的6.65亿元变为1999年末的–6.30亿元。按调整后数据，已连续三年亏损，累计亏损额高达12.95亿元，而其中计提准备的因素就有9亿元左右。

事实上，粤金曼集团占用ST粤金曼的巨额资金不是一天两天了。自ST粤金曼上市，粤金曼集团就被授权经营公司国家股权，由于集团与上市公司之间实行两套班子一套人马，关联交易自然产生。

粤金曼集团似乎将ST粤金曼当成了"提款机"，集团严重违反国家有关规定和公司章程，对公司的资金一起"统筹安排"进集团，用于投资其自己的新项目。

结果是ST粤金曼的资金长期无法收回，截至1998年末，集团占用公司的资金就高达7.1亿元，而当时公司的净资产仅4.5亿元。1999年一整年，集团对公司的资金占用还在继续上升。

ST粤金曼的这一事实，是随着公司1998年出现巨额亏损，才在年报中轰然暴露出来。对于ST粤金曼被集团长期占用的资金，最终是否能收回，会计师一直无法作出判断，因此对公司1998年年报、1999年中报以及1999年年报，均出具无法发表意见的审计报告。而ST粤金曼存在的问题，令公司监事会忍无可忍，监事会从1998年年报起，两度对公司董事会重大决策运作不规范的行为公开谴责。

问题的关键是，粤金曼集团不该沉默，其对占用ST粤金曼资金应该有个说法，巨额资金究竟投向哪了？这不仅关系到上市公司，更关系到投资者的利益。当初ST粤金曼发行上市时，共募集资金2亿元，这笔钱是否都按承诺投入项目中？1999年ST粤金曼将9.95亿元的应收款按50%比例计提了4.98亿元的坏账准备，难道这一大笔欠款就这样一提了之吗？这样下去，是否意味着粤金曼集团最后就可以欠债不还？尤其应重视的是，资不抵债意味着所有股东权益已全部被侵蚀，而造成这一后果的，竟是大股东一人所为，这其中的不公平和侵权行为，已极为严重。

ST粤金曼当初以称雄世界鳗鱼业的王者形象，迈入证券市场。而今不但王者雄风不在，且严重资不抵债，公司究竟何去何从？公司年报中披露，公司国家股将转让，福建世纪星实业有限公司有可能成为公司新第一大股东，世纪星是否会成为ST粤金曼的福星，值得关注。

这篇文章推出后，市场反响强烈。粤金曼为什么突然发生严重资不抵债，市场各方强烈关注。于是，我和资深记者乐嘉春博士紧急出差赶到粤金曼公司，进行深入采访调研，并推出了专题报道。文章见报后引起监管部门和市场的高度重视，粤金曼后来也成为深市第一家退市公司。

上市公司，请远离担保陷阱

一段时期，上市公司的不规范运作，尤其是相互之间进行的连环担保问题，并由此引发的诸多担保诉讼纠纷的发生，让证券市场谈"保"色变。

2002年总计有383家上市公司披露各类担保公告，其中前三季度共有200家公司披露了500多笔担保行为，担保总金额超过了300亿元。过度担保引爆的地雷以及担保链条断裂形成的多米诺骨牌效应，对市场造成巨大的冲击。证券市场高度关注上市公司的担保链问题。

2003年1月，上市公司2002年年报即将拉开披露帷幕。我们策划推出专版，我在文章中呼吁指出：上市公司要远离担保陷阱。在市场引起极大反响。

下面是文章的一部分，可以看出当时一些大股东把上市公司当成"提款机"和众多公司深陷担保链，所造成的恶果。

这是一个不得不正视的现实，市场再度聚焦担保。

从亲密接触到引火烧身，看似企业正常经营行为的担保，却引爆了一颗颗上市公司业绩的地雷。证券市场成立以来，有多少上市公司为担保竞折腰。

起初，担保这一行为在证券市场并没有被引起太多的注意。那时，上市公司上市后，争先恐后地争取配股再融资，投资更多关注的是上市公司如何保配以及募集资金投向改变的情况。不经意间，有一天，大家突然发现，担保怎么成了上市公司大股东从公司肆意提款的机器。

将担保这一效应演绎得淋漓尽致的棱光实业原大股东的恒通集团可谓典型。恒通集团入主棱光实业后，不见其努力提升上市公司业绩，却三折腾两折腾从棱光实业提走了8亿多元资金。在恒通集团占用棱光实业资金的种种作为中，让上市公司为其及其子公司提供担保，便是手段之一。仅从1998年年报看，棱光实业为恒通集团及其子公司提供担保总额达1.86亿元。而在1999年4月，由于恒通集团子公司上海恒通发展公司有两笔贷款逾期未还，棱光实业被推上法庭，公司的银行账户也

被冻结。从此，棱光实业开始走向末路。

棱光实业"提款机"事件爆发后，证券市场大为震惊，投资者开始重新审视一批问题公司。而在被大股东占用资金的上市公司中，绝大多数有着为大股东及其关联企业不规范担保的行为。粤金曼也是其中之一。1999年年报出现资不抵债创纪录的粤金曼，缘何被拖垮？一个重要原因是大股东粤金曼集团占用上市公司资金高达9.95亿元。这其中，粤金曼仅为粤金曼所属企业水产发展总公司所提供的担保就高达2.7亿元。如此巨额债务，最终生生拖垮了粤金曼，公司成为证券市场首批退市的上市公司。

再也不能让上市公司为大股东担保了。在市场各方一致呼吁下，2000年6月，中国证监会专门发布了《关于上市公司为他人提供担保有关问题的通知》，明确强调上市公司不得以公司资产为本公司股东、股东的控股子公司、股东的附属企业或个人债务提供担保。规定下发后，上市公司直接为大股东担保的现象骤然减少。

出乎意料，上市公司之间互保以及连环担保的问题却开始凸显。其中，尤其以福建、深圳以及上海三地为甚。资料显示，截至2001年上半年，福建担保圈囊括了福建的16家上市公司的200多亿元资产，并涉及100多家企业。在深圳，与ST深石化进行互保，从而受牵连的上市公司也多达10家。在上海，因与ST兴业、ST国嘉形成互保链，上海九百、ST中西、中华企业、隧道股份、开开实业等12家上市公司纷纷"受伤"。不仅如此，这十几家公司又因担保将另外的几十家上市公司牵涉进来，从而形成一个庞大的循环担保链条。

一损俱损的连环担保，有着极大的杀伤力。实际上，互保以及连环担保并非在2000年6月《通知》下发后才出现，此前，商业网点等一批公司已发生这一现象。据说，PT网点之所以能在最后的关头得以起死回生，不能不说是有关方面担心因其拖垮了其他好公司，才决心施以援手。

当市场还没有从互保的噩梦中解脱，越来越多的上市公司开始将担保重心转移。近期，不少公司为子公司担保，2002年上半年，上市公司为子公司担保的金额已高达111.1亿元，全年则超过了150亿元。为子公司担保，已经成为上市公司担保的新趋势。而其究竟会带来什么样的影响，还有待进一步关注。

因担保引发的风险，不仅对上市公司个体，而且对整个证券市场的发展，都带来巨大的负面影响。

拖累上市公司整体业绩下挫。2001年上半年沪深两市的业绩整体下挫，下降幅度创历史新高，导致上市公司业绩大幅下滑的原因之一，不能不说与大比例的担保损失有着关系。据统计，2001年沪深两市因担保而产生损失金额超过1000万元的上市公司，超过40家，其中计提损失金额超过1亿元的有12家公司。比较典型的ST石化，公司计提金额高达7.8亿元，而ST九州、ST海洋则由于连环互保形成的巨额坏账无法化解，不得不走上退市之路。

诉讼纠纷层出不穷。担保所引发的另一大问题，就是诉讼纠纷大幅度增加。2002年上半年，因担保而涉讼的上市公司大约有40家，涉讼案件60多起。而在下半年，有关担保诉讼的公告更是纷至沓来，尤其是ST国嘉以及受其牵连的另外5家上市公司，纷纷陷入没完没了的诉讼旋涡。

面对此情此景，投资者感叹担保之患何时了！更希望上市公司的担保行为能够受到更多规范和约束。

建设国际金融中心，为上海鼓与呼

浦东开发开放，被誉为中国改革开放过程中的传奇。经过一代创业者的艰苦努力和激情奉献，它成为中国改革开放的窗口和中国改革开放的象征，也带动和促进了上海在这一轮经济建设中走在了全国的前列，具有了国际竞争力和影响力。

作为权威财经媒体，早在2003年1月新年伊始，我们就推出财经时评。当时，我撰文指出，聚焦上海，不能不聚焦上海向国际金融中心迈进的每一步，上海将稳步迈进国际金融中心。

随之而来的2月，我参加上海"两会"。这次会议上，上海市委、市政府明确提出加快经济、金融、贸易、航运这四个中心建设，上海将进一步加强国内金融中心地位，加快向国际金融中心迈进。建设国际金融中心，上海无疑最有条件和优势，上海这一目标的提出，是当时国家赋予的责任和使命。

加强自身发展，更好地服务全国。围绕建设国际金融中心，上海开始了新一轮探讨、探索与创新。在这期间，我采访了很多政府官员、专家学者和上市公司老总，共同为上海国际金融中心建设献计献策。

上海在历史上曾是中国乃至远东地区最大的国际金融中心，具有丰富的金融历史文化沉淀。不过，当时上海建设国际金融中心，还有着先天和后天的不足。中国央行、四大商业银行总部、金融政策制定机构以及金融行业监管机构等，一直都不在上海。虽然20世纪80年代初有学者建议实行"纽约—华盛顿"模式，但在中国这么多年的实践来看，不现实。与此同时，上海金融市场多个层次的国际化程度还比较低，金融创新的整体能力有待提高，离岸金融市场还不发达。

上海金融中心建设的先期定位，是必须建成为中国的经济发展提供融资的金融中心。市场各方普遍关注三大问题的解决：资本账户可兑换、离岸金融中心建设、银行系统的改革。要成为纽约、伦敦这样为全世界提供融资的国际金融中心，当时的上海还有很长的路要走。

上海金融业积极探讨发展新思路。上海社科院率先拿出一份报告，经济研究所副所长杨建文指出，探索一条具有时代特征、中国特色、上海特点的国际金融中心建设之路，关键环节看上海能否创新金融产品，能否完善金融体系，能否改革金融体制。

上海证券交易所作为资本市场的组织者，时任理事长耿亮明确提出，要为上海国际金融中心建设作贡献。上海的一批上市公司老总有着强烈的紧迫感，认为这一国家战略赋予上市公司更大的发展机遇，这一战略更将为资本市场的活跃和发展起到积极的促进作用。

证券业的发展对上海国际金融中心建设还是发挥了重大作用，当时上海已经成为名副其实的证券业中心。2003年6月初，就上海国际金融中心建设这一话题，我深入采访了时任上海证券交易所副总经理方星海博士。方星海当时指出，上海国际金融中心建设不可能一蹴而就，必须要有耐心和雄心，随着我国经济的发展，我国金融业的发展空间巨大。上海建设国际金融中心不是梦。

金融中心建设，不仅对上海的长远发展至关重要，同时也对我国整个经济金融的发展和国际竞争力的提高至关重要。随着上海提出建设国际金融中心，随后大多数新成立的证券公司、基金管理公司、保险公司的总部开始纷纷设立在上海，一批外资银行也逐步落户上海。由"一行三会"和上海市政府共同主导的陆家嘴论坛，于每年上半年在上海召开，海内外的权威官员、专家学者以及各大金融机构老总纷纷出席，共同畅谈上海以及中国经济、金融业发展。

弹指一挥间。十五年的发展历程，上海国际金融中心建设取得了瞩目的成绩，为中国经济的快速发展提供了巨大的资金融通和金融承载力，成为中国建设更高水平的开放型经济的重要支点和平台。2016年2月1日，上海发布"十三五"规划纲要，明确提出，"十三五"上海要迈入全球金融中心前列。

当前，随着中国"一带一路"倡议的推出，上海需要积极服务于这一倡议，破解全球化困境，积极打造人民币全球定价、交易、清算中心，服务人民币国际化战略。未来，上海国际金融中心建设的空间更大，前景可期。

足以自豪。脚踏上海这块热土，我们有幸参与、推动和见证了上海国际金融中心的建设，一代人谱写了辉煌的篇章。

　　对比激情岁月的上海国际金融中心建设，目前无论是上海自贸区开发建设，还是今后的上海自由贸易港的建设，都需要一代人站在更高的起点上，以更卓越远见的智慧与创新能力，付出更大艰辛与努力。就像当年的一代改革家，把青春和汗水，献给了中国和上海浦东的改革开放。

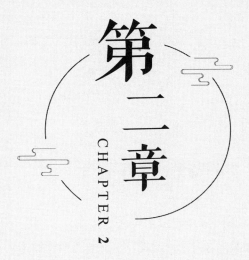

第二章

CHAPTER 2

EMBA，我心飞翔

一成不变的日子，似乎一眼望到底的未来，是最令我恐惧的事情。对事业，对人生，我喜欢不断追求，乐此不疲。

时光如银般倾泻闪烁，细碎的阳光洒满小路，日子就这样肆意地翻过。突然有一天，感觉到做财经媒体碰到了天花板，这时我已然在业内颇有影响力。

身边的老总朋友们纷纷到中欧国际工商学院学习，一时间令我心驰神往。于是，特意约了一次中午到中欧食堂吃午饭。

光阴含笑，岁月凝香，流年静好。在岁月的路口，总会有新的遇见，走进中欧校园的一刻，就被它深深打动。

意外惊喜，考入中欧商学院

驾车缓缓驶入金桥地区，行驶在红枫路上，让我意外，让我惊喜。虽然已是"资深"浦东建设者，却没有留神浦东金桥地区的规划与建设已经如此国际化。走进中欧国际工商学院校园，错落有致的宽阔建筑与绿树掩映的林荫小路，迎面是一面面中欧品牌宣传墙，时尚、国际化而又洋溢着学术气息。当时就被震撼，心想，如果能在这里学习，不枉此生。

久闻中欧的食堂，发现确实香飘四溢，菜式丰富有味道。关键是气氛好。学员们三三两两围坐一桌边吃饭边交流，很是令我艳羡。自然，与老总朋友以及他的同学们一起吃的这顿饭，充满愉悦。同桌的学长们听说我有念头来中欧学习，立刻就说：太好，太好，欢迎，欢迎，中欧女同学太少，特别欢迎你这样的优秀的师妹。就这样被彻底征服。

中欧有太多的惊喜等着你。积极筹划报考中，进一步了解到：中欧商学院在国内商学院中排名第一，全球排名跻身前十位，中欧有很多杰出的校友，活跃在政界和企业界，深有影响。多么有吸引力的学校啊！不过，要求很高，淘汰率很高，考取很不容易。认真准备考试，分为笔试和面试。进一步了解，笔试大部分是逻辑题，笔试通过了安排参加面试，看谈吐素质以及应变能力。

如果一件事让你心仪，蹦着跳着都渴望得到，那么，念念不忘必有回响。你就蹦着跳着去努力，积极争取。这对于我好像很适用。很幸运，一路顺利，最后成功考取，我幸福地成为中欧非常早期的学员。

事后回想，我面试能过，很大原因是我对证券市场比较熟悉，看过的接触过的公司太多，尤其对当时困扰证券市场发展的公司治理问题，以及新推出的独立董事等制度建设等问题，我之前一直在研究并积极推动，因此比较有见解，谈起来比较深刻。

中欧学习，巨大冲击与震撼

人生每一个重要时期、重要阶段，都能面对一次极大的震撼，对于一个人的提升，无论是能力还是境界的提升，都是难得的恩赐。中欧学习，不断带给我巨大的冲击与震撼，让我领略了商学院教育与国内传统大学教学之不同。

开学第一课，把我镇住了。这应该是领导力模块之类的训练课，第一次课的班级是打乱安排，来自这一届的学员们被暂时组成班级和划分成小组。小组训练开始，我们组就我一个女生，又年纪最小，本来小组同学对我还充满希望。但我立刻发现，训练的内容我几乎不太懂，之前没有接触过。什么战略规划、财务记账，还有生产车间管理，实战进行，把我看得目瞪口呆，无从下手。小组成员开始分工，我的财经媒体管理工作似乎在小组里无法定位。尽管小组同学为了鼓励我，一直说，你可以负责广告策划与销售。但是那一课，还是让我内心的骄傲荡然无存。

每个月一次集中四天的中欧上课，立刻让我感到巨大的紧张和压力。每次课程早上八点半开始，一直到晚上六点结束。基本是四天一个课程模块。课堂上，不同教授讲课的风格风范不同，但绝大多数教授都是神采飞扬，如行云流水。助教站在教授旁边，优美流畅，同声进行着翻译。课程中，经常是分几次进行小组讨论，每次推选出不同的小组代表发言。两天结束那天晚上，教授要留个人作业或者小组作业，要求第二天上交。最后一天下午，进行测验考试。这四天课，绝对丰富丰满，每次上完课，我与许多同学，差不多都要一个星期缓不过来。

中欧学校管理之严格出了名，尤其早期教学管理。上课不允许迟到早退，一个模块课程不能请假超过两天，个人作业必须自己完成，考试必须独立认真考过。战略管理、宏观经济学、微观经济学、金融学、财务管理、会计学、人力资源、市场营销、衍生品投资，等等，其中不少课程，对于我而言需要认真对待。

尤其涉及金融与投资学方面，我之前高等数学比较一般，就琢磨趁着这次学习，把高等数学好好攻下来。于是课后，找到一位做投资的朋友，安排时间，帮我补习高等数学。这位朋友很认真，给我正儿八经补习了三四个月，帮我学完两本高等数学的教科书。

我们这个班级偏于金融EMBA班，班级不少同学从事金融投资工作。其中来自美国太平洋投资管理公司（PIMCO）的孙昊同学，堪称金融专家。有一次，我与他闲聊起高等数学，没想到这位北大毕业高才生说，他在大学读书时，学习高等数学也很有压力，有一年快考试了，晚上做梦都在解题。我当时一听，立刻释然了。

也是与孙昊总交流，开始知道美国债券市场规模以及影响力有多大，依稀认识到中国债券市场发展有着广阔空间。后来，我在分管报社金融报道期间，一直非常重视债券市场报道，专门开辟债券专版和专栏，监管部门和市场都非常认可。

当时，我们班上还有好几位台湾同学，每次上课要专程从台湾飞过来学习，上课成本极高。但他们都很有热情，估计是看好国内改革开放的巨大发展空间。台湾同学很有眼光，那时在上海投资了不少房产。

中国深度，全球广度，是中欧独特的优势，在我看来，这也是中欧学院的文化理念。所谓大学者，有大师之谓也。当时的中欧拥有着一批东西方比较顶尖的商学院教授，法学界泰斗江平教授、经济学界泰斗吴敬琏教授、金融专家也是央行官员谢平教授都分别给我们上课，开放、开明、博学、严谨，聆听如沐春风。刚刚聘请到中欧出任教授的许小年教授，给我们讲课深入浅出，思维严密。这就是中欧治学之魅力所在吧。

每每我还沉浸在听课的美好氛围中，考试已如约而至。吴敬琏教授那么大岁数，还亲自出考题给我们考试，并且还分A、B卷。许小年教授的考试让我大跌眼镜，怎么讲课时听起来很轻松，考起来难度这么大啊！

当然，早期的中欧教学尚处于不断探索中西结合范式的阶段，从海外聘请回来授课的教授水准不一。我们班级恰巧碰到两次选修课，前来授课的教授水平比较一般。学院能够及时听取我们的反映，不断调整师资与教学。

学院从哈佛大学邀请到研究世界金融史的权威教授Richard Sylla，专程过来给我们做了一次授课。Richard Sylla不愧是大牌教授，高屋建瓴，脉络清晰，充满智慧，让我们对世界金融的发展有了比较深入的了解。

　　Richard Sylla教授对中国金融业的发展非常有兴趣和关注。那时中国经济缓慢攀升，银行业处于困难时期，银行的负债和坏账比率居高不下。2004年6月，巴塞尔委员会颁布了《巴塞尔新资本协议》，即巴塞尔协议II，对资本充足率、监管部门的监督检查和市场纪律，都提出更高的要求。这一新协议的推出，让中国银行业如履薄冰。

　　我们班有不少各大银行的行长。在小组讨论和演讲环节，听到同学们介绍的中国银行业现状，Richard Sylla教授开玩笑地说，按照金融规律，这种状况意味着应该发生金融危机。班上不少同学笑着回答说：不会，因为有党的领导。看得出来，笑眯眯的Richard Sylla教授对当时中国银行业所背负的国家信用，充满迷惑。

　　中国经济发展确实充满了奇迹，令人意想不到。2005年我们中欧毕业后，伴随着中国经济的持续增长，国有商业银行纷纷改制、引资、上市，完善了公司治理，增强了资本实力，降低了不良负债率，纷纷走向良性循环，开始实现新的跨越。

　　自中国银行业市场化改革以来，我国银行业采取了较为审慎的资本监管制度。中国银监会数据显示，2011年末，我国商业银行的资本充足率水平全部超过8%，商业银行整体加权平均资本充足率达到12.7%，平均拨备覆盖率超过150%。

　　令海内外广为关注的中国银行业不良资产居高不下等一系列问题，就这样顺利平稳解决。中国金融业不仅走出困难时期，工商银行、建设银行、招商银行、交通银行等一批银行还发展成为具有一定国际竞争力的商业银行，跻身世界金融行业。

　　不过，当前，中国银行业依然面临着一系列的新旧问题。党的十九大召开期间，十九大代表、央行行长周小川在介绍如何守住不发生系统性金融风险底线时表示，中国要重点防止"明斯基瞬间(时刻)"出现所引发的剧烈调整。关于系统性金融风险的防控，全球有一个共同取向那就是要防止恶性通货膨胀带来的风险、要防止资产泡沫剧烈调整造成的风险。周小川表示，资产泡沫可能在股市，也可能在楼市，也可能在影子银行。

　　中国金融业发展，前途光明，也依然任重道远。

爱上了，却要道再见

渐渐，我就爱上了在中欧学院每月一次的学习，爱上了中欧学校浓厚的交流氛围，爱上了处处皆风景的美丽中欧校园。

第二年，我已经适应了中欧EMBA课程的学习。财经媒体的工作带给我许多深厚的积淀，关于资本市场、上市公司、财务报表、公司治理以及股票投资等方面，我有自己的独特知识和经验积累，有自己的独特优势。

进中欧读书前，我已经在上海一所知名高等学府的经济学硕士专业毕业。相较于国内传统教育，中欧这种商学院教育更注重商业知识与理念的学习，注重对学员企业管理经验的系统化和理论化提升，更注重对学员主动学习能力与兴趣的培养和强化，尤其非常注重团队合作的理念与贯穿。这种教育模式，开启了我对国际化教育的关注与兴趣。

也是这一年，我的工作有所调整，开始进入事业的紧张忙碌时期。一边忙工作，一边坚持上课学习，辛苦同时也是乐在其中。而从中欧学习到的很多管理理念，逐步运用到日常管理工作中。

小组毕业论文时，很幸运，我在一个比较优秀的小组。小组成员都是名校毕业，从事金融行业，对金融管理有着丰富的理论功底与实践经验。最后综合时，大家积极贡献才智，执笔同学才华横溢，奉献出一篇非常优秀的毕业论文。答辩时，我们小组当场深获教授们好评。

两年的学习时光，改变了不少同学的职业生涯。一路走了过来，感谢同学们当初对我的深情帮助。尽管我在小组讨论中偶尔没有贡献出更多聪明才智，尽管我偶尔没有代表小组做PPT作业，尽管我偶尔不参加班级组织的各项活动，大家还是对我不舍不弃，始终坚持给予我鼓励与温暖。

后来，我又考入上海高级金融管理学院EMBA就读学习，也是基本没有参加班级的各项活动。同学们每一次活动都热情发出邀请和积极安排，但由于工作比较

忙，也要自觉遵守严格的党员纪律要求，每一次都抱歉错过，同学们每一次也都表示理解。

在中欧学习两年课程即将结束之际，我奉献出一份力量，出任班级告别晚会的主持人。那一晚，与另外两名同学一起，站在舞台上，与大家共同上演了一场精彩、感动的告别联欢。这一晚，同学们的心里，都非常地依依不舍。

红枫路的树叶绿了又红，从春到秋，洒下一片斑驳陆离的光影。金桥地区已经建设成为了国际化社区，吸引许多外国人在此居住。或许当时我们太沉迷于刻苦学习之中，两年求学期间，我们金融EMBA班级的同学，尤其是内地的同学，几乎没有一个人在红枫路附近购置房产，当时不少投资人士整天关心的是股票投资。

我的同学们，我们在商学院的学习究竟是成功，还是遗憾呢。如今，都已一笑而过。

据说，后来，中欧又陆续引进了不少大腕教授，授课能力与态度深受学员赞誉，每堂课都赢得掌声满满，成为中欧的一面旗帜。

随后的日子，工作中，经常遇到中欧校友。大家交流起来，每每对我毕业于中欧时间之早，感到惊讶。而我则自称自己为"年轻的老革命"。与校友交流，彼此都很有共同语言，颇感亲切。

毕业后，我还一度被聘为中欧金融俱乐部理事，只是因为工作忙，没有为俱乐部活动作出更多贡献，非常抱歉和遗憾。

这几年发行上市节奏加快，在接待前来路演的公司中，遇到了不少校友。很感慨，有这么多中欧校友创办的企业最终成功上市，交谈中，大家不约而同提到中欧学习改变了自己的人生。

看到中欧枝繁叶茂，衷心祝福学院基业长青。

沃顿，从此做同学

偷得浮生半日闲，人生有机会到沃顿商学院学习，非常幸运与感谢。

美国费城，宾夕法尼亚大学，我踏进了沃顿的校园。这时，无论上海还是纽约，都绽放在春寒料峭的季节，宾大的气候感觉更寒冷些。

与中国房地产行业和金融科技业一批最有影响公司的高层人士一起学习，让我看到一个不一样的世界和不一样的生活。

还在纽约机场，就遇到了房地产业的大腕人物任志强老总。他非常平和，与我们所有人一样站在寒风中，等着大巴车。后来几天在校学习，每到下课，但凡有同学希望与任总合影，他都笑容配合，站在寒风中与每一位同学分别合影留念。

上课时，任总经常提出有意义的深刻问题，引起我们讨论。有的时候，觉得沃顿教授讲课不过瘾，在课程即将结束时，他就站到讲台上讲一段他的见解。宾大以及沃顿的不少留学生听说牛人任志强来了，自发组织一堂课，邀请任总讲课并对话。据说，这堂课他讲得酣畅淋漓。

沃顿同学中的不少人士已经是读过几个学院的EMBA，对商学院的学习早已不陌生。这次到沃顿学习，对于其中许多房地产界高层人事而言，更多可以探讨交流全球以及中国房地产行业的困境、发展、趋势，以及房地产行业与金融科技如何进一步融合，大家都非常认真和投入。课上，普遍求知欲非常旺盛，积极主动，勇于提问并与教授对话，常常抛出令沃顿教授深思的问题与观点。

同学中不少是中国房地产业的实战派，许多老总对中国房地产业发展的深入理解有些是在授课的沃顿教授之上的。但是沃顿教授关于任何国家、市场以及产业基本发展规律的阐述，非常到位，也是非常质朴的道理。对于沸沸扬扬的中国几家知名民营企业在美国大笔收购事件，沃顿教授在分析中指出，中国企业付出的价格远远高于项目的实际价值，收购行为被认为不可思议，他说，这几项收购在美国反映都很不好。对此，在座的学员当时还不完全听得进去，有些持有不同意见。不

过，这样的学习、辩论、思考，令大家受益匪浅。

身处房地产行业，同学中很多人早已具有国际化视野和国际化投资。有的是公司投资，有的是个人投资，几年前就已经在美国主要城市深耕房地产。课程一结束，不少同学已安排好到美国主要城市房地产项目的考察日程。这也让我深深感受到了房地产以及金融科技行业的视野开阔。

不少跑马拉松一族的"男神"与"女神"这次相聚沃顿，大家尽欢颜。同学中大部分都是跑马拉松一族，已经跑遍世界许多城市，留下一串串的足迹。每天早上天蒙蒙亮，这帮跑步热爱者就已经起床，冒着寒风，在宾大的校园里奔跑。在费城参观时，正遇到费城马拉松比赛，不少同学热情点燃，立刻加入费城"跑马"。

回国后的日子，至今，我时时都会在微信圈看到那些老总同学们在世界各地跑马拉松的身影。领军人物是帅气的"男神"丁祖昱、臧建军等几位老总，一路奔跑，坚韧不拔，其乐无穷。

开放的宾大，悠久的沃顿，处处皆风景。我们遇到了很多国内来美的小留学生，他们那么年轻，那么才华横溢。不少留学生来自国内南京、上海、杭州、北京等这些城市最好的国际学校，几乎每一位留学生不是硕士在读就是本科双修，而且多才多艺，每个人都擅长乐器或表演，交谈时落落大方，很有见地。宾大枝繁叶茂，沃顿落英缤纷。在这里，我看到了代表中国也是代表世界的最优秀一代年轻人，在成长。

最后的毕业典礼，热烈隆重。沃顿商学院执行院长为本届毕业同学一一颁发证书，并合影留念，同学们热烈的掌声此起彼伏。据院长介绍，这些年不少中国优秀的官员以及企业家一批批到沃顿学习，开阔了国际视野，加强了中美之间的交流与合作。同时，中国官员和企业家的到来，也为沃顿带来了中国发展的最新理念和案例。

比较遗憾，因为工作原因，一直没有机会到美国学习和考察，这次只是作为例外的插班生，利用休假期间，匆匆几日而已。将来有一天，如果有机会再来宾大，再来沃顿，静静地读读书，修几门课程，当是人生最浪漫的事。

经济史教授：余生必有一场金融危机

在我撰写这篇书稿时，逐步渐入尾声，这时，看到一篇文章：我余生必有一场金融危机！高龄经济学家用生命和耶伦唱反调。

这位高龄经济学家正是当年在中欧给我们授课的教授Richard Sylla，一下子让我对他的观点充满兴趣。

在今年（2017年）6月，美联储主席耶伦曾经表示，认为自己余生不可能再看到又一个经济危机爆发，对于经济这样乐观的态度，很多人并不认同，这其中就包括纽约大学经济学荣誉教授、经济历史学家Richard Sylla。

Sylla认为，当下的很多情形和2008年危机之前是一样的，并且认为全球面临着下一场经济危机的概率在70%到80%之间。

不过Sylla表示："人们认为各国央行能像上一次一样避免大萧条情景重现，所以并不担心。"

如今整个市场的焦点都放在了美联储何时加息以及加息多少上。Sylla指出，利率是整个经济中最重要的一环，它对所有经济行为都有影响。

对一个普通美国人来说，假如花25万美元贷款买下一套房子，贷款的利率为3.83%，那么30年的贷款就意味着17.5万美元的利息，已经非常接近房子本身的价格。

对于消费者而言，利率的高低影响着方方面面，也正因此，政策制定者总是倾向于维持低利率。

Sylla指出，从历史先例来看，可以一窥如今美联储对经济干涉的影响。美联储只要把利率相对收益率曲线压低5%，就意味着美国的存款人们每年损失上万亿美元，收益的则是借款者。

从历史来看，在大英帝国达到顶峰的100多年中，该国的永久债券利率在2.5%到3%之间。这种长期性，并且当时货币由黄金背书，表明了在一个自由市场环境

中，自然利率水平就是在这样的范围内。

而目前，美国30年国债收益率为2.9%。

然而Sylla指出，上述两者之间，其实有着巨大的差距。目前的债券是处在一个高通胀的环境下的，尤其是资产价格高通胀。此外，如今的债券投资者们面临的是前所未有的高水平的政府违约可能，而在一个自由市场的环境下，这必然是会有溢价的。另外，债券持有者需要为自己的收益缴税，并且税率往往在非常高的水平，而在自由市场环境下，投资者们必然会因此寻求补偿。

也就是说，如果想要计算出自由市场环境下美国国债真正的利率，那么应该将目前的收益率，也就是3%左右；加上通胀补偿，2%左右；再加上一些风险溢价，1%左右；最后，还要加上因为赋税而需要的补偿，2%左右。

那么，理论上，美国国债收益率最少应该在8%左右。也就是说，如今美国30年期国债收益率仅仅3%是被美联储压掉了另外的5%。

如果将这样的利率适用到美国47.9万亿美元的非金融债务上，那么美联储每年就把2.4万亿美元本应属于存款者的钱转移给了借款者。

Sylla表示，让他感到担忧的是，目前美联储以低利率达成的金融压制政策创造出了大量的错误投资以及一个不稳定的环境。

这其中，包括了美股的周期性调整市盈率，它目前正处在1929年股市崩盘以及互联网泡沫之后的最高水平。并且这一现象的背景是正创下历史的大量个人、企业和政府债务，也就是说，未来应对的方法将是相当有限的。

此外，目前的环境下还有大规模的金融衍生品，甚至有估计称总量达到了千万亿级别的隐藏或有负债，这让投资者和政策制定者们都疑惑于到底应该信任谁。

Sylla认为，这一切都是因为美国政府在20世纪70年代的一个决定：将黄金和美元脱钩。

这一决定此后被全球各国政府接受，也就带来了之后肆无忌惮的印钞。

正是因此，造成了大规模的经济失衡，而当普罗大众对美联储盲目相信，完全不知道自己究竟面临着怎样的风险，事情就变得更糟了。

对Sylla提出的问题，市场的担忧却很小。

对于美国的经济学教学，大部分教授都着眼于各种经济模型，却无视经济历史。

此外，虽然有些人意识到了一些历史在重演，却总是倾向于相信，"这一次会不同"。

Sylla虽然没有给出具体的时间，但认为"余生"必然会看到又一场金融危机，而他已经快80岁了。

第三章

CHAPTER 3

上市公司，有多少往事可以重来

与上市公司携手走过，春去春来，春华秋实。至今，二十载。

上市公司是资本市场的基石，资本市场是中国改革开放与市场化发展的缩影，我有幸见证了大部分的发展历程。

目睹了股市初期上市公司运作的种种不规范，也见证了上市公司治理的不断完善与提升。

有朋自远方来，不亦乐乎。这些年，接待了一批又一批的上市公司高管群体，分别或深入或短暂地交流，不同程度地感受到不同体制、不同地区的不同公司老总的不同素质与风范，感受到中国经济最强劲肌体的脉动。

往事流逝不可追。如今，二十年走过，许多故事随风飘散，许多故人渐行渐远。

资产重组，资本市场永恒主题

中国内地证券市场一路探索。先行先试，大胆地试，让那个时代的监管者更具有敢为天下先的勇气和智慧。荡气回肠的资产重组举措，就是典型的例证。

早期改制上市的公司，大部分是国企，改制上市更多是服务于国企解困脱贫的国家战略，大部分公司都是将国企中的一部分资产拿出来改制上市，比如一个车间、一条生产线或者一家下属子公司，改制不彻底、与大股东有着千丝万缕的关联交易，就成了重大隐患。

时代的鲜明烙印如何解决，通过资产重组解决上市公司的遗留问题。作为改革开放先行先试的探索者的上海，在国家有关部门的积极支持下，这一次又率先拉开了上海本地股的资产重组大幕。

上海早期有许多国有企业通过股份制改制发行上市，但上市后公司出现了种种的问题。从1997年开始到2001年下半年这五年多，由上海市政府主导，推出了轰轰烈烈的资产重组。上海115家本地上市公司的重组力度很大，五年多资产注入和资产置换的资产总计达到200多亿元，控股股权发生转移的有30多家，许多上市公司的主营业务在重组后发生了很大的变化。

将国有企业和国有资产通过上市公司资产重组与资本市场结合，有利于形成一种良性互动。上海本地上市公司的重组效果显示，在2000年和2001年的年报和中报中，115家上海本地上市公司的平均每股收益和平均净资产收益率连续两年超过全国平均水平。

正是在这场声势浩大的资产重组浪潮中，我有幸结识了时任上海纺织集团控股董事长朱匡宇、上海医药总经理廖友全、上实联合总经理吕明方、上海白猫集团副总经理李柏龄等一批优秀的企业家以及上海上市公司资产重组领导小组办公室主任范永进等监管部门人士，他们都是各自领域推出资产重组方案的重要掌舵者。与智者同行，令我受益匪浅。有幸融入到这场时代的洪流中，是财经记者生涯最为珍

贵的经历。

往事并不如烟。至今记得，听到上海医药廖总因患肝癌去世的消息，如晴天霹雳，不敢相信。那一天，参加他的追悼会，百感交集，泪如雨下。一次次的采访画面，今天，依然历历在目。

然而，先天不足，后天补足，做起来并不容易。不少资产重组治标可以，却难以治本，不少重组留有遗憾。尤其各地出现的一批问题严重的上市公司，积重难返。有的公司重组后，折腾几年，不行，再重组，最终还是难有起色。

那些年，证券市场上市的公司普遍偏小偏弱，一大批重量级公司还都没有迈入资本市场，上市公司的分量远远不够。

上市公司是中国经济的基石，是中国经济的晴雨表，是当时我们财经媒体经常说的一句话，目的是为了强调上市公司与资本市场的重要性。每次年报披露落下帷幕，写年报分析的稿件，我们都要用上这句话，然后把上市公司的综合业绩尽量与国家GDP总值上靠，常常是算了半天，发现占比也不高，写出来的结果，自然颇为牵强。这也是早期证券市场的局限与遗憾。

2000年2月，全国证券期货工作会议提出，要促进上市公司并购重组，优化上市公司质量，调整企业结构。要继续规范上市公司重组行为，鼓励拟上市公司兼并具有互补关系的企业，鼓励上市公司之间实施并购重组或吸收合并非上市公司，重组后符合条件的上市公司，将允许其进行增发新股试点。

针对这一会议精神，我当时撰文指出，证券市场要告别"救死扶伤"式重组。读后可以对当时的重组情况，管中窥豹。

并购重组，告别"救死扶伤"

随着全国证券期货工作会议对并购重组的规范要求，并购重组这一近年来在证券市场风起云涌的资本运作行为，在中国经济处于新一轮经济结构调整的过程中，将进一步发挥优化资源配置、促进产业优化升级的积极作用，并以此推动证券市场的繁荣和发展。

并购重组在中国证券市场已不是新鲜话题。尤其是1997年以来，上市公司围绕资产或股权所进行的一系列兼并收购，形成了市场一个又一个的热点。

然而，不可否认的是，这一期间发生的大多数并购重组，尚带有浓厚的中国特色的烙印。"救死扶伤"和"买壳上市"模式的重组成为主流，形成"混合式"重组。有担任上市公司重组财务顾问的券商表示，似乎什么样的公司都能重组，但由于受到区域及条块分割等限制，真正使上市公司实现横向一体化或纵向一体化的战略性重组，并不多。

随着证券市场不断走向成熟，面临当前产业结构调整的涌动大潮，证券市场无疑要成为这场结构大调整的积极推动力量。因为证券市场具有得天独厚的优势，能够提供最丰富的市场手段，最有效率的运作机制，以及集聚庞大的市场资金。

而并购重组是最有效的途径。通过重组，一批上市公司与上市公司以及上市公司与非上市公司之间，切实以资产和股权为纽带联系起来，达到最大限度地迅速获得最好的技术资源，如电子信息、新材料、生物医药等。从而不仅加速推进高新技术产业化和规模化的进程，也使公司自身尽快融进当今世界高新技术高速发展的链条，成为中国高科技和网络产业的龙头。据悉，一批先知先觉的券商已敏锐意识到新一轮并购重组将出现的新特点，有的已专门成立IT产业或高科技产业并购重组部，以推动证券市场尽快涌现出一批高科技和网络产业的上市公司，构成代表新兴产业和知识经济的高科技板块的重要部分。这无疑意味着，中国的证券市场将与美国一样，真正成为孕育高科技和网络产业的温床。

　　对于实施并购重组的上市公司来讲，通过重组实现向高科技领域的介入或深入，只是第一步。更重要的是，重组后要加大对高科技项目的投入，包括继续选择一些具有良好发展前景的项目，确保公司能够实现可持续发展。这就需要公司能够迅速融得大笔资金，发展高科技需要高投入。

　　允许重组后符合条件的上市公司增发新股，无疑是极大的利好。众所周知，为了实现融资的目的，上市公司一直存在"千军万马"争走配股这一"独木桥"的现象，由此带来了一大批公司年年为"保配"而战，其中不可避免地掺杂着短期效益。另外，由于历史原因，上市公司的股本结构普遍存在不合理状况，包括国有股、法人股以及B股的比重过大，因而严重限制了融资功能的发挥。增发新股不但突破了配股融资的单一模式，而且有利于重组公司筹得更大比例的募股资金，从长远发展角度选择项目投资。

　　此前上市公司增发新股的帷幕已经拉开。尤其是1999年以来，增发新股的公司逐渐增多，包括真空电子、东大阿派等一批公司，已成功通过增发新股实现再融资，在证券市场引起反响。此次证券期货工作会议对增发新股进一步明确，无疑透露出监管部门对规范的并购重组行为给予大力支持而有了强大的资金支撑，上市公司并购重组的更充分的积极意义才能深刻凸显。

　　这将是一种良性循环。真空电子就是很好的例证，作为"老八股"之一，真空电子最早加盟中国证券市场，在经过1999年来的一系列重组和增发后，公司已构筑起新的产业定位，向信息技术产业发展方向大迈进，预示着这家具有某种标志性意义的老牌公司，将迎来一个全新的发展阶段。

　　资产重组不仅仅是对上市公司资产和负债的简单调整，并补充新的资产，重组之后的磨合与发展更为重要，一些公司之所以重组之后不到几年又陷入了困境，正是因为没有做好这方面的工作。

　　资产重组应当是在对公司的资产和负债进行整合的基础上，对公司的管理、组织和企业文化进行整合和再造，尤其是公司的治理结构，否则为重组而重组，看似提高了股东的投资回报，其实是急功近利的短期行为，往往会损害公司的持续价值。集团把上市公司的不良资产剥离出去，再注入自己的优质资产，固然能在短期内极大提高公司业绩。但优质资产要真正与上市公司融为一体，促进和带动公司主业的发展，绝非一朝一夕之功。

这其实涉及一个财务型重组与价值型重组的关系问题，许多重组方案通常同时包含资产结构和产业结构的调整，资产结构的重组不仅可以降低上市公司的资产负债率，剥离低效资产，而且常常能通过关联交易取得巨额的一次性收益，从而使公司的财务报表在短期内迅速改观。构筑新产业的价值型重组从实施到产生盈利一般会有一个较长的时滞，所以过渡期内以资产买卖所得收益适当充实财务报表是有其合理性的，问题在于如何做好重组后持续盈利能力的培养和产业结构的真正转变。

资产重组在中国证券市场上发展的时间还很短，不可避免地存在着这样或那样的问题。这里面，既有技术性的问题，如资产价格的确认不尽合理等，也有制度性问题，如很多重组行为的市场化程度还很低。另外，有些公司重组过程中还出现了暗箱操作和内幕交易。

我国上市公司的并购重组有其特殊性。第一，中国还缺乏一个完整统一、充分流动的资本市场来支持企业间的重组。第二，许多上市公司是由国有企业改制而来，股权相对集中，在重组过程中各级政府往往会发挥比较积极的作用，这虽然有利于重组工作的顺利实施，但也不可避免地限制了企业的跨行业、跨地区的发展。另外，市场上也缺乏一些具体规范各类重组行为的法律法规。

企业重组的规范，除了需要加强市场的作用、完善相关法律法规以外，中介机构的地位也不容忽视。并购重组是一项技术性相当强的工作，从项目的选择、价格的确定到重组的方式、方法，都需要专业人士的积极参与。现在市场上的重组行为很多，但证券公司、财务公司作为中介的作用发挥得还很不够。

在一个成熟的市场，公司重组的每一个过程都离不开专业中介机构的作用。专业机构的介入，不但可以大量节省企业财力、人力的支出，同时也能使公司的重组行为更加规范合理，大大减少重组的摩擦成本。在我国，许多企业还没有真正认识到这一点，总是觉得引入中介是多此一举，却不知这正是专业化分工的需要。相信随着市场的进一步发展，观点会逐步扭转。

岁月，是一部时光机

不以物喜，不以己悲，居庙堂之高则忧其民，处江湖之远则忧其君。大学时代最喜欢这篇《岳阳楼记》，朗朗上口，倒背如流。吾心向往，吾性却相距甚远，此言成为我一生的追求。

不过做了财经记者，尤其立足于当时中国最权威的财经报社，这份职业和工作，却成就了我心怀国家、心怀大局、心怀广阔天地的情怀。每天指点江山，激扬文字，在那个改革开放如火如荼的时代，行走在证券市场波澜壮阔的天地之间，抒写着万千诗篇。

风华正茂时节，青春飞扬，每天打交道的上市公司老总几乎都是中国最优秀的企业家，感染着那份激情、智慧与意气风发。年轻的内心充满着美好，也常常面对着耀眼的光环。

还好没有迷失，同时看到的上市公司的问题更多，常常被惊诧到目瞪口呆和大跌眼镜。坚持监督上市公司的不规范运作，写着研究、分析与批评的文章，振聋发聩。不经世事之艰难，那个时节，对公司经营管理的理解比较单纯，非白即黑，观点颇为鲜明。

岁月是一部时光机，改变着青春的容颜，更让人的内心渐趋成熟。当我走上管理岗位，作为财经媒体高层管理者，分管上市公司的报道和公司信息披露业务等一系列业务，看问题的视角开始更为全面、综观，也就对上市公司多了份理解、包容与平和。但内心热爱新闻事业，致力于积极推动资本市场健康发展的初衷，始终未变。

资本市场专业性很强，在报社内部一直倡导鼓励年轻的采编记者走专业性路线，成为财经专家型人才。每一次与新进报社的记者开会交流，会讲讲我们当年公告值班的故事，鼓励年轻记者从做好公告新闻入手，持续关注每个行业、每家上市公司。要求他们学习分析财务报表，请会计师事务所和律师事务所的合伙人做老师请教。学习并熟悉《证券法》《公司法》这些重要法律，重要法规要倒背如流。多参加年度股东大会，这是近距离了解观察公司最新发展的最好渠道，也是与上市公司高层直接采访交流的最好机会。

传承与创新，是身为管理者的责任。看到报社有一批批新人不断成长，很是欣慰。经过多年培育，上证报社拥有一批追求新闻理想的新闻人，公司报道已经形成最具战斗力的采编团队和人才梯队。

一直引以为荣，财经媒体中，上证报对于上市公司的深度报道一直比较深入和专业。报纸每年都会推出一篇篇重磅报道，监督批评上市公司的种种不规范行为和问题，引起监管部门的重视并加大对公司的处罚力度。积极参与并推动资本市场的健康发展，是上证报社人的初心，是大家共同的努力。

二十年财经媒体职业生涯，从早期深入一线采访报道的知名记者，到后来十几年任职报社高层，作为报社党组成员、副总编辑，岁月丰富着我的阅历，丰满了我的人生，也一直带给我对做好权威财经媒体的深邃思考。

作为新华社所属重点报刊，作为权威财经媒体，第一，要讲政治，有政治意识和大局意识，有政治家办报的高度和智慧。第二，要有专业水准，不断学习财经专业知识，提高专业能力和水平，报纸的影响力永远都是专业媒体人的追求。第三，要有责任意识，对外，报纸要有对投资者负责的精神，在内部管理工作中，管理者要有传承和担当负责的胸怀。第四，与时俱进，不断学习新技术，积极探索发展新媒体，带领报社不断实现新的跨越。

知易行难。财经媒体虽然没有党报在政治报道方面的敏感，但因关系到资本市场，关系到股价起落，关系到公司是否造假、受罚以及退市，责任非常重大。每一次重大监督批评报道，我们都努力做到事前保密，但还是绕不开各路人马前来说情、打招呼。尤其各地方政府对当地上市公司非常关爱和袒护，每每通过各种渠道，对报社进行施压。如何把握平衡好监督批评报道，一直是对我们的挑战。

近年来，随着移动终端、手机微信这些新媒体传播形式的迅猛发展，工作量骤然增多和紧张。每天，从睁开眼睛起，一直到半夜，持续审核各类稿件、资讯、信息，还要时时刻刻如履薄冰。

作为资深财经媒体从业者，我一直比较讲情怀、讲理想，经常开会与大家讲

的是要心怀"诗与远方"。对投资者负责，一直是我们这些年的办报理念。而在资本市场，大家往往探讨更多的是市场趋势和套利的机会，几乎没有太多人关心财经业的情怀与理想。像每个行业一样，财经业也应该有理想，财经业应该做好服务，让更多投资者能够得到和体验好的金融服务和投资价值。

尤其是当我迈进美丽的新世界，走进财经科技迅猛发展的新时代。这是很高的要求，应该是我们这代人孜孜不倦的求索。

积极践行，不负重托。应该说，我的二十载风雨历程，没有太多的遗憾。

上市公司，中国经济之活力

管理工作让自己直接深入一线采访的机会少了，对上市公司的了解与熟悉逐步淡了。不过依然不陌生，不仅有被批评报道的上市公司高管前来报社拜访沟通，还有一批又一批股改、新股发行和再融资的公司高管团队纷至沓来，报社一直宾客盈门。

春有百花秋有月，夏有凉风冬有雪，一年四季，与不同的上市公司打着交道。2005年9月开始的股权分置改革，随后的新股发行和再融资的节奏加快，报社一次次迎来紧张而繁忙的路演季。忙完上海，忙北京，经常还要飞到深圳，接待前来进行网上路演的公司高管团队。最忙的时候，几乎一个星期飞一次北京。八千里路云和月，那几年，每一年下来，都飞成了东方航空公司的金卡旅客。

前些年，是国有企业上市季，国有企业纷纷上市。大部分国企尤其是央企的行政级别比较高，新股发行网上路演时往往都是董事长亲自带队出场。这些远道而来的国企，下面具体负责的同志往往非常敬业，之前会把各项事务安排得妥妥当当。国企高管团队出场时阵容比较强大，同时有负责承销的券商团队陪同，浩浩荡荡。当面对面与国企老总交谈时，会感觉到他们的强大气场、掌控力以及睿智与从容。

一年四季与最优秀的人打交道，财经媒体管理工作让我阅人无数，对于人生是份难得的历练。那些年，在新华社领导下，在报社上下共同努力下，经过改革、改版，事业蒸蒸日上，报纸的影响力不断提升，新媒体事业初步发展，在媒体行业独领风骚。把我们自己的事业做好了，对外交流拥有绝对的自信和笑容。

不过，早期接待时，如果看到代表报社出面的是一位看起来年轻的副总编辑，尽管我们具体负责业务的总监一再介绍说："这是我们分管领导"，对方还是多少有些惊讶。交流起来，老总们也就感受到，我在证券市场的资深和专业。

如果我们社长在场，双方老总相谈甚欢。对新闻敏锐，对大局把握到位，我

们社长经常一句话定乾坤。

那些年，由于资本市场容量还不够，投资理念还比较弱化，每一次行业的巨无霸公司驶入资本市场，都会引起大盘股又要打压市场的恐慌。航空业的航母中国国航也面临过这样的境遇。

2006年8月18日，中国国航登陆A股市场，当时，报社高度重视，对于报道和宣传都作了精心安排。不过市场正值低迷，机构投资者不够强大，投资者对大盘股上市比较担心，国航第一天上市发行表现不尽如人意。

当天中午的商务交流餐会上，国航董事长李家祥认真介绍了国航的投资价值和发展前景，表示对公司充满信心，他最后说了句："咱们走着瞧！"我们社长听了立刻说：明天报纸头版就用李家祥董事长这句话做图片新闻的标题。

事实证明，国航上市开盘是股价最低点，上市后伴随着股市回暖，公司股价一路走强，甚至成为了市场的领头羊。发行时参与认购的机构投资者，包括几家重仓国航股票的基金，在那一波行情中都赚了不少钱。

也有些国企老总对资本市场还不太熟悉，场面开始可能会比较拘谨。随着两个小时或者三个小时路演的推进，大家也就逐步放松。前来路演的每一位上市公司老总对投资者的提问都非常重视，网上路演期间，大多都很认真地回答问题，希望公司股票价值在市场得到投资者的认可。当路演结束后临别送客下楼，老总们往往都会诚恳表达："李总，非常感谢啊！"

东西南北中，长三角与珠三角，不同地区经济发达程度不同，上市企业的风范也不同。大多民营企业尤其是制造业民企比较踏踏实实，艰苦创业，一路奋斗十五年或二十年，才走到今天。有的公司在最艰难的时候，老总把房子、汽车都抵押出去。有的民企老总看起来很朴实，也可以说比较土气，不善言谈，刚开始见面交流的时候常常会有些尴尬，但我却不在意，更敬佩的是这些企业家创业的艰辛，为他们成功上市感到高兴。

民营企业，最感慨政策变来变去。2008年国际金融危机爆发，政府突然决定投入"四万亿"来救经济，一下子令不少公司措手不及。不少民营上市公司与我交流时说，本来当时公司已经做好了抵御金融危机风险的准备，放缓投资步伐，但"四万亿"的政策一出来，资金宽松，银行拼命给企业放贷款，项目不得不投下去，随着政策后来又收紧，公司日子就难过了。

与房地产业和金融业相比，做实业的辛苦，令我感慨。有的民营上市公司老总对我说："李总，看我这双皮鞋都穿了七八年了。"八年或多年的努力，最终迎来资本市场给予的认可，对于一大批民营上市公司而言堪称幸运。兴奋之余，也有不少即将登陆资本市场的路演公司高管开玩笑说："李总，我们昨天顺道在陆家嘴滨江看了一下豪宅，公司即将募集的资金也就够买四套房子，大开眼界。"与不少公司深入交流，老总们透露，公司成功上市后，没有想过去买豪宅，而是希望依托资本市场，实现公司更大更高远的发展。

这些生生不息的民营上市公司，正是中国经济活力之所在。许多公司在其行业已经跻身世界前三，或者在不同的细分领域成为国内领先。美的电器、烟台万华、浙江龙盛等一批具有国际竞争力的上市公司在资本市场已经脱颖而出，成为众多民营上市公司学习的榜样。不少上市公司老总与我交流过程中，明确表示，要向成为世界级企业努力和迈进。值得欣慰的是，不少民营上市公司的第二代接班人已经成长起来，年轻一代正在逐步接班。

长三角、珠三角以及闽南地区经济发达，这些年，不仅引领着中国经济增长，也成为资本市场的排头兵，极大地改善和丰富了资本市场上市公司的内涵和品质。

浙江目前已经有400余家上市公司，全省经济发达，地区发展相对均衡，政府开明，拟上市公司资源丰富，深受机构青睐。江苏的苏州、常州、无锡、南京也都势头迅猛，上市公司数量快速增长。

每一年，我都要安排时间，到广州、深圳地区调研，每一次，都深深感受到珠三角地区经济发展的蓬勃活力。这几年，广东地区通过"腾笼换鸟"和经济转型升级，产业结构有所改善和提升，一批企业脱颖而出，纷纷迈入资本市场。深圳地区以科技创新为动力，实现了经济又一次腾飞，城市充满活力，经济保持良好态势，上市公司数量不断增加，引领着中国经济和资本市场的发展。

闽南地区经济欣欣向荣，目前福建地区总计有132家上市公司，其中厦门有48家上市公司。闽南地区上市公司从早期的"担保"链条中解脱后，经过一段时期的重组与规范，更得益于当地经济的良性发展，逐步迎来一批新鲜血液加盟资本

市场。

这几年欣然看到，永辉超市、安琪酵母、茶花股份、三祥新材等一批福建和厦门地区的上市公司，纷纷迈入资本市场，公司充满活力和进取精神，公司老总对未来发展充满信心。永辉超市上市后，在全国迅速扩张，不断实现快速发展，公司发行上市和再融资时分别到报社进行路演，从上海到这家公司任职的公司高管对我说："李总，我们公司从上到下都是拼命三郎，管理层每天24小时连轴转，不畏辛苦，公司肯定做得好。"

深深感受中国经济的激情澎湃，非常难得。只是，每一次上市公司匆匆而来，我与公司打交道大多点到为止。平时更多陷入日常管理工作的繁忙，深入到各家上市公司的机会不多。日后，应该更多走进大大小小的上市公司，更深刻地感受中国经济的蓬勃脉动。

浙商，以天下为先

这些年接待最多的是浙江地区的上市公司，每年发行季节纷至沓来，让我看到了浙江经济的活力，看到了浙商敢为天下先的精神。

在日前拜访浙江省政府领导时，交流中，谈到了浙江上市公司这些年的迅猛发展，谈到了浙江产业升级引领全国，特色小镇和工匠精神正在赋予中国制造业以高端的品质和内涵，浙江制造业正在打造世界级竞争力。

行走在浙江这块充满活力的土地上，深深感受到"浙江人"经济的发达，对中国经济发展以及世界经济贸易作出了巨大的贡献。之前，与不少浙商上市公司老总交谈中，听他们不约而同地提到浙江地区有很多山，遍布很多古道。他们说，过去，这些绵延的山脉阻挡了历朝历代战乱时的战火，改革开放这些年，不少浙江人不畏艰辛，从古道中走出一条勇闯天下的拼搏之路。

回上海后，随手翻阅《浙商古道行》，看到开篇寄语中浙江省副省长朱从玖关于"拳拳浙商意，悠悠古道情"的提炼总结，对浙商精神多了一份理解。

古道可谓吴越大地的生命线。浙江域内山岭绵延起伏，平原阡陌纵横，江河滔滔不绝，海岛星罗棋布。境内的奇山异水，哺育出一代代杰出人物。浙江又是一个资源小省，一直是地少人多，特别是西南部多是丘陵山川，有七山一水二分田之说，让生活在这里的人们，必须要通过古道走出去。他们翻山越岭跨过县域、翻越省界的挑石铺路，他们在浙江大地上留下很多著名、非著名的或长或短的古道。

这些古道承载着无数的汗水与智慧。为了讨生活的千千万万的浙江人，背着行囊出发，沿着蜿蜒的古道，走遍千山万水，吃遍千辛万苦，变成了闻名的浙商。

浙商，从2400年前的战国时期，通过一条条古道行至四方，走出敢为天下先。他们是19世纪推动中国工商业进程的强大商帮。他们，纵横华夏商场以天下为市。

本土浙江、省外浙江、海外浙江，近千万名浙商靠韧劲与顽强，用勤快的双

手在地球撑起了交相辉映的"三个浙江",其成就的"浙江人经济"在三个不同的地理坐标上横空出世。浙商在历史长河的千锤百炼中,凝练出了舍得、和气、共赢、低调、敢闯的精气神。

这些浙商精气神从哪里寻,要从那散布在浙江山水间的一条条古道中觅得。那些与浙商息息相关的古道,犹如一根根筋脉、一截截草根,深植于山野的骨骼与皮表,把一些有名无名的村与镇和城市的盛世繁华相连接。走完散布浙江乡野的古镇,就会明白浙商能不畏艰辛闯天下,是生活资源禀赋缺失下求生存的无奈和敢作敢当的踏实风格。这些古道无疑是凝结了无数历史的活化石,是凝聚浙商精神的"无声字典"。

金融街，中国金融之重

越来越爱北京，因为金融街。这些年，我在北京办公的地方。

当年金融街一建成，报社就把北京中心搬到了金融街办公。于是，每每出差就来金融街工作。

走在金融街上，一下子就感觉很舒服。走进中国人寿大楼，走在通往北京银行办公楼的长廊，宽阔亮眼，又遮风挡雨，中午时分，玻璃窗上满满都是灿烂的阳光。

从2005年5月股权分置改革开始，在这里接待了上百家前来进行网上路演的上市公司，包括北京地区以及北部地区的一大批上市公司。工作区的楼下每次都打出热烈欢迎的电子屏幕，前来路演的上市公司嘉宾们一路走过红地毯，北京工作区宾客盈门。

也定期到北京来开会，参加新华社总社会议，参加证监会会议，参加各家重要金融机构会议，以及召开报社内部会议。在这里办公和办事情，真是太方便。金融街上走一个来回，需要拜访的政府部门、监管部门、金融机构，就都可以触手而及。否则，在北京这么阔大又拥堵的城市，到这些重要地方办事情，真是遥不可及。

于是，经常行走在这条含金量最高的大街上，欣赏一年四季的风景，感受中国金融心脏的脉动，留下脚印一串串。

这条街的分量，绝对举足轻重。中国人民银行以及中国银监会、中国证监会、中国保监会这"一行三会"，也是中国金融最高决策和监管部门，都坐镇这里。中国最大的几家国有银行、保险公司、资产管理公司、基金公司都纷纷集中在这里。外资最大的金融机构，纷纷选择落户在这里。

这条街上，到底掌控着中国多少资金量？无法计算和衡量。走在这条街上，看到的都是金字招牌，金光闪亮，熠熠生辉。金融是经济的血脉，在这条街上流淌的是黄金血脉。

中国光大集团公司就坐落在金融街上。作为中国最有影响的特大型金融控股集团之一，光大集团的发展历程有辉煌，也有曲折，一举一动总是令海内外瞩目。

我与光大集团颇有渊源。2001年3月，我参加全国"两会"的采访报道，第一天参加政协会议，就坐在了政协委员王明权的旁边，他是时任光大集团董事长。于是，我积极与王明权董事长沟通，安排对他进行专访。《光大集团实施战略调整》的文章见报后，很受关注。

2007年6月，中国银监会副主席唐双宁任职光大集团董事长，这一人事安排，让海内外对其充满期望。2009年8月3日，光大证券新股发行网上路演在报社北京路演中心举办，唐双宁董事长亲自出席并发表致辞。那一天，网络上一下子吸引了很多投资者以及媒体记者，纷纷向唐双宁董事长提问、交流与互动。唐双宁很平和，回答问题很有耐心、很认真。

唐双宁董事长任职光大集团十年期间，先后将集团控股及所属的光大证券、光大银行等一批企业分别带进内地和香港资本市场，成功实现上市。目前光大集团坐拥8家上市公司10只股票，十年改革交出了不菲的成绩单。

唐双宁董事长对金融业一直有其独到的认识及管理理念，业余时间还经常提笔赋诗或提笔写字，在业内独领风骚。唐双宁董事长与权威媒体保持着比较好的沟通，很受大家尊重。报社当时负责金融行业的资深记者苗燕很优秀，很受光大集团认可。有一次，我和苗燕与唐双宁董事长交流，唐双宁董事长还赠予一幅他的字。

金融街上的景色，一年四季分明。春天的料峭寒风扑面，夏天有火热的太阳照晒，秋天五彩斑斓的风景映入眼帘，冬日踩着飘飘的白雪行走。每一次到了北京，在金融街上忍不住拍几张照片，发到朋友圈，于是，大家就知道我又到京了。岁月的风景就这样在金融街上演绎，岁月的年轮就这样在金融街上滑过。

金融街上，经常有着工作缘分的发生。基本每次在街上走几步，或者在星巴克买杯咖啡时，迎面就会遇到熟悉的人士。有时碰巧遇到监管部门的领导匆匆走过来，见到我会打声招呼说：李总，又来上班了。经常遇到金融机构的负责人，或者是上市公司的高层，可能是上海时约了很久的见面，一直没定下时间，反而在北京金融街上，巧遇了。

全国中小企业股份转让系统于2012年9月20日成立，就坐落在北京金融街上。

股权系统成立后，他们一直邀请我有时间过去看看。最初我还没太在意这件事。2013年一个冬日，我到北京出差，约了股转系统的负责领导前去拜访。

一大早，我进入股转系统办公大厅，没想到正好赶上一批公司敲锣挂牌新三板。大厅里好热闹，有来自全国各地的共五家公司敲锣挂牌，每家公司都有十几个人，聚在一起，欢乐喜庆，那气势一点不比A股上市的场面小。立刻，对新三板市场的格局刮目相看。

之后的一段时期，我们开始对新三板市场格外关注，定期举办"金融资"沙龙活动，为一批优质的新三板市场公司和机构投资者构建沟通的桥梁，为推动新三板市场规范持续健康发展，发挥了重要作用。

不过，我一直对新三板一段时期的狂热报以冷静的批评和提醒。每一次沙龙活动，都郑重指出，新三板公司与投资人不能浮躁，做企业的新三板公司要踏踏实实做好实业，做投资的投资机构要认认真真选择有价值的公司，这些才是根本，不能被资本浪潮所裹挟，迷失方向。

果然，这大半年，随着新三板市场面临政策瓶颈迟迟无法突破，市场一路下行，无论新三板企业还是投资人，都遭遇到新三板市场的巨大冲击与洗礼。

金融重镇的北京金融街，一举一动，都牵动着中国金融的走向，也更多地讲述着资本市场的故事。2016年下半年，北京金融街购物中心接连上演先后摆放了"熊大熊二"和"黑天鹅"等一连串事件，而引起资本市场一片玩笑中的指责和关注。

2016年6月，金融街购物中心门口突然摆出了"熊大熊二"的造型作品，正对着中国证监会。市场立刻一片哗然，网上段子手纷纷剑指"熊大熊二"，开起各种玩笑，于是，造型不久就被拿走，消失得无影无踪。12月份，股指下行，处于焦虑中的资本市场人士正无处宣泄，突然看到金融街购物中心在大厅里摆出了黑天鹅的艺术品，市场又一片哗然，段子手们又开起各种玩笑，黑天鹅不到三个小时就被拿走消失了。没辙了的购物中心，最后摆出了一头金牛的艺术品造型，市场才慢慢消停。

这就是北京金融街，资本市场无数人士走在这条大街上，留下了多少荡气回肠的故事和难以忘怀的往事。

深层次思考，制度建设弊端

内地这个资本市场，自1991年创立以来，似乎一直在翻江倒海地折腾。历经二十多年不断整顿与规范，没有想到，2015年6月竟突然爆发股灾，引发国家资金不得不出手救市，令海内外哗然。资本市场究竟发挥了什么样的作用，许多人都在思考。

早期，资本市场最大的作用是为国企解困脱贫服务。一大批国有企业通过改制上市，在资本市场融到资金，解决了一时间的困境。但改制不彻底，公司治理不规范，让大部分国有企业很快又陷入泥潭。于是，大规模的资产重组轰轰烈烈展开，许多公司先后拉开重组帷幕，实现一时间的旧貌换新颜。

伴随着国家对资本市场的不断重视，公司治理进一步加强，一批优秀的企业开始迈进资本市场，成为新鲜血液，丰富发展了资本市场的内涵。与此同时，中国经济经过多年的高速发展，这十年，企业盈利能力与国际竞争力显著增强，一下子让资本市场容量和承载力迅猛发展。资本市场的结构开始改变，具有了内生增长的能力。

积极服务于实体经济，为更多优秀中国企业提供直接融资平台，实现改制上市，应该说，始终是贯穿资本市场发展的主旋律。但是，由于利益巨大，权力以及地方政府的保护主义，其中一直有着泥沙俱下。一些运作不规范、公司治理不完善，甚至造假上市的公司，夹杂其中，影响资本市场的声誉。究其实质，根源还在于制度建设的弊端。发行体制存在的问题，以及法律惩处机制不到位，一直困扰着资本市场的前行。

市场存在着浓厚的投机文化，是内地证券市场另一大特征和弊端。内地证券市场一直是散户为主的市场，市场投机性浓厚。早期大户肆无忌惮联手坐庄炒股票，比比皆是，小散户就成了任人宰割的"韭菜"。每一轮行情来了股票上涨，就有一批又一批的小散户勇敢冲进股票市场，此时市场差不多已进入高点，待到这波行情走完市场掉头下行，无数小散户便套牢其中。

退市制度不完善，导致退市难，仍是A股市场的顽疾。2001年以来，我国证券市场主动退市的上市公司约40家，强制退市的约51家。与美国等成熟资本市场6%至8%的年均退市率相比，退市难的问题，仍困扰着A股市场的良性运转。

我们做监督批评报道，经常面临着市场的尴尬。常常是，对问题公司的监督批评报道推出，监管部门很重视，责令问题公司停牌，但市场却经常给予复牌后公司股价以涨停，散户投资者认为公司问题既然发现曝光了，下一步就有重组的机会了。对于资本市场的投机性问题，我与资产管理行业几位资深的老总都分别有过深入交流，那些坚守价值投资的资产管理公司，越来越有着公司所坚持的投资原则与理念。

不允许轻易退市的制度与投机文化，造成退市公司纷纷具有潜在的退市价值。投资者对借壳上市的公司抱有交易溢价心理，干扰了资本市场的合理估值与健康发展。

资本市场，一方面是上市公司大摇大摆地在一级市场圈钱，另一方面是上市公司与庄家在二级市场肆无忌惮地抢钱。对于监管部门而言，由于缺乏更多法律手段和权力，对违法行为的处罚成本极低，无法起到对上市公司造假和违规坐庄的震慑作用。

早期，监管部门根本没有法律处罚手段，往往只能对一系列的违规违法行为予以罚款、谴责或市场禁入。随着市场各方的不断呼吁，监管部门开始组建稽查部门，加强对市场的监控，严厉打击违法行为。但是，无论对于上市公司的处罚，还是对于庄家的打击，监管部门的权力不够，大多案件只是蜻蜓点水一般的罚款，对市场缺乏足够的震慑和警示。因此，法律的惩处力度远远不够。

据统计，2016年查处的证券交易类案件中，约四成案件的涉案金额过亿元，其中80%"老鼠仓"案件的交易金额过亿元。

可以说，直到这轮股灾发生，引起国家高层关注和重视，处理了庄家徐翔等一批人，市场才看到了国家打击资本市场违规违法的真正威慑与力度。

这一年，中国证监会行政处罚决定数量、罚没款金额均创历史新高，市场禁入人数达到历史峰值，移送成案率也创出历史新高。

若无闲事挂心头，便是人间好时节

资本市场是个大熔炉，充满希望，充满挑战，也充满诱惑。

不是所有公司上市后都良性运作。不少公司发生违规经营，被监管部门出具警示函。有的公司上市后，大股东或高管急于套现，或大股东自己违规卖股权套现，或发生管理层逼宫，迫使创始人卖掉公司股权。

在地方政府追逐政绩的驱动下，不少公司虚假包装上市。公司在上市之前，就存在一系列不规范运作，包括关联交易、报表造假、对外投资"海市蜃楼"以及董事会虚设，独立董事不知情或不独立。有的公司上市一年后就开始亏损，有的公司赤裸裸进行关联交易，有的公司境外投资云里雾里根本就是假投资。荡气回肠的资产重组，常常隐藏着投机与陷阱。

上证报的公司监督报道常年锲而不舍。有一家公司老总到报社登门解释公司存在的问题时，交流中发现，他对公司治理竟然真不懂，不知道公司的运作是不规范行为，只是说地方政府很支持，所以公司努力往前冲，最后成功上市。我和一起接待的团队同志听了，非常惊愕，也哭笑不得。

在接待中也会遇到一些上市公司，从公司老总走进我们路演中心的那一刻就会感到，或目中无人，或心不在焉，基本无法交流。尽管有的老总在当地级别还比较高，却不符合我们对于优秀企业家的定义范畴。果不其然，过不了几年，传来这家公司老总出事了的消息。

多年的观察，令我深信，上市公司能够一路坚守，坚持规范经营，追求可持续发展，不断增强市场竞争力和国际竞争力，这样企业的老总，一定是有定力和有智慧之人。长久来看，资本市场也才会给这样的公司以认可与价值。

若无闲事挂心头，便是人间好时节。二十年与上市公司携手前行，我一直不太喜欢做股票投资。早期不看好上市公司，因为总是看到造假、不规范运作的事件频频发生，看到资本市场投机性太强，认为这是个不给老百姓带来赚钱机会的市场。后来做了报社高层管理者，自我约束，自觉规范自己。也是工作太忙，实在没时间静下心来研究股市。

那时候，在报社内部，每每开会，讲完工作，再聊几句，就告诉大家少炒股票，去买房子，尤其年轻人，最好先买房子，有钱也可以买点好的信托产品。股票可以少买一点，保持对证券市场一份感觉和对上市公司的了解。当然，最后听我的话的人应该不多，大多数人距离股票市场太近，忍不住。

也许是这份淡然的心性，我既有热爱工作的情怀，也有着对外交往保持君子之交的心态。这么多年，与上市公司及金融机构的高层打交道，更多停留在工作层面的交流，与许多企业不会走得很近,更不会攀附资本市场的各类权势与权贵。除了组织报社每年举办各类大型专业论坛，对外自己一直保持低调。这让我对上市公司以及金融机构的关注，保持着一份冷静与客观。

再回首，总结过往股市的投资机会，二十年看下来，最赚钱的是投资重组公司的股票。尤其是早期的PT和后来的ST要被摘牌公司的股票，最后往往都九死一生，公司通过重组，获得新生。

再有，就是持有那些真正优秀有成长性的上市公司股票。随着证券市场的发展，中国一大批优秀企业步入证券市场，并通过资本市场实现了做大做强，成为具有国际竞争力的优秀上市公司。做价值投资者，投资一批有成长性的价值公司股票，应该说是分享了中国经济高速增长和优秀公司打造市场化、国际化竞争力的红利。

只是，身在其中，无论是机构投资者，还是个人投资者，在资本市场是否真正实现凭借价值投资或投机赚钱，考验的是智慧与能力。大部分投资人，比较失望与失落。

2017年尤其下半年，资本市场产生了"二八"甚至"一九"的投资现象。不到百分之二十甚至百分之十的所谓价值投资股票，连创新高，成为被追逐的核心资产。市场其他大部分股票，则连创新低。

结构性牛市，有多少人能够把握住这一波机遇？同时，也带给市场对价值投资的深入思考。2017年，是否开启了中国资本市场价值投资的新里程？！

第四章

CHAPTER 4

与基金和信托业，深深情缘

11.17万亿元、24.41万亿元，这分别是公募基金和信托业截至2017年第三季度末的最新资产规模。

时光清浅，逝水东流。这些年渐行渐近的，是与基金业和信托业两大金融机构的"亲密"接触。十几年持续关注、研究、评价和推动，一年一度的基金和信托行业颁奖与论坛，已经在资本市场形成深远影响。

愿你每天那么忙，做的都是自己喜欢的事情。公募基金和信托行业聚集了资产管理行业的精英，一群有着最高智商的人在这个行业思考与引领，我与其中不少优秀的老总相识多年，相互欣赏，相互喝彩，相互祝愿。

基业长青，基金业耀眼的风景

走着走着，花儿就开了。那些年，对公募基金行业和基金管理公司的发展，倾注着无限的热情。

2004—2005年，还是春寒料峭之季，报社就看到了公募基金行业的远大发展前景。内部改革，报纸出新，组建基金部，从基金版到推出"基金专刊"，组织年度基金评选，包括评价年度出色的基金公司和基金产品，举办年度基金颁奖和基金业论坛。大刀阔斧，轰轰烈烈，上证报对基金业的报道专业而深入。

走着走着，就变成了风景。从最初的两只公募基金产品，从较早的老十家公司，到万马奔腾。作为机构投资者，公募基金管理公司对改善资本市场投资者结构，倡导价值投资以及实现帮助老百姓理财投资，发挥了不可或缺的作用。一批优秀的基金业管理者，开创并引领着行业发展，抒写了公募基金的荣耀与辉煌。2008年3月，公募基金十周年之际，我们在北京举办隆重颁奖典礼，优秀的二十家基金管理公司集体站在舞台上，盛大绽放。

优秀的基金管理公司老总往往个性鲜明，有着独特的管理风格，在行业独领风骚。很欣赏这个行业早期的一批卓越管理者，嘉实基金管理公司老总赵学军、工银瑞信基金管理公司老总郭特华、广发基金管理公司老总林传辉、华夏基金管理公司老总范勇宏、博时基金管理公司老总肖风、兴全基金管理公司老总杨东、汇添富基金管理公司老总林利军等，几乎都是各家基金管理公司的创业者，都在市场上留下了一个个传奇与传说。

走着走着，就走出了错落的诗行。创造了辉煌，经过了风雨，看过了彩虹，公募基金行业一路前行，行业的规模越来越大，成为资产管理行业的重要力量。

如今，行业逐步分化。有以规模雄霸的银行系基金，以工银瑞信、建信、中银三家基金公司为代表。有以实力打拼出来的实力派，嘉实、易方达、富国、南方、广发、汇添富、华安、中欧、兴全、银华以及华夏等基金公司，都已发展成为

行业的大公司。还有财通基金、浦银安盛等这样一批紧随其后的中型公司，或专注于投资能力，或积极开拓市场，或两者兼而有之。实现基业长青，是基金行业人的共同追求。

在全民热衷于财富管理的时代，似乎财经媒体人有着近水楼台先得月的得天独厚优势。其实，尽管我与基金业这么熟悉，这么多年，我自己却没有投资过任何基金产品。

似乎不可思议。最初是觉得开户购买基金有些麻烦，后来更多还是自我规范。每年对基金公司评价评奖，要求自己保持更客观、中立，才可以坦诚、释然地与基金业各位老总朋友对话交流。

投资基金产品到底赚不赚钱？如果把目前全市场的所有基金复盘下来，以10年为周期，我请上海证券有限公司基金评价中心总监刘亦千先生做了统计，现存315只设立10年以上的基金，过去10年复合回报率在10%以上的基金有华夏大盘精选基金。因为2015年证券市场遭遇股灾，股市从6000多点一路下行，让所有基金处于尴尬的市场环境。所以，如果计算这些基金设立以来的回报率，有156只年复合回报率超过10%，7只年复合回报率超过20%。这意味着，投资者如果选择了优秀基金公司的稳健基金产品，长期持有，投资是赚钱的。

2017年是投资行业具有意义的一年。伴随着价值投资大行其道，"一九"和"二八"行情的演绎以及带来的股票市场结构性分化，散户思维已经很难赚钱，不少中小投资者损失很大。越来越多的投资人开始对公募基金这样的机构投资者青睐有加，市场更多的股票资金开始投向公募基金。公募基金进一步开启了新的时代。

逝水流年，走着走着，其中不少基金管理人也渐渐成为了远去的身影。因为体制原因，因为股东压力，因为短期业绩排名，因为梦想与情怀，一批又一批的基金管理人离开了公募基金的平台，经常让我感到唏嘘与遗憾。

不过最近也看到，随着自然人持股公募基金政策的放开，不少老总们开始重返公募基金这个广阔的大舞台。衷心祝愿各位领军人物在新的平台，再展宏图伟业，为资产管理行业作出积极的推动与奉献，实现基业长青的宏伟蓝图。

创新，源自远见与理想

2009年度"金基金"奖评选后，我们没有如期举办颁奖典礼和论坛，而是我带领团队深入各获奖公司，实地调研采访，并现场颁奖。近距离走进获奖的基金管理公司，深刻感受到每家公司的不同管理理念、风格和文化。

作为老十家基金管理公司之一，嘉实基金自创立以来，一直深怀远大理想，不断追求，走出一条行业领军企业的大公司发展战略与道路，深受行业尊敬。这次现场调研与颁奖，我们与嘉实基金公司总经理赵学军深入交流，畅谈公司的创新发展基因与战略，赵学军指出，创新源自远见与理想。下面是他当时接受采访时对于嘉实基金关于创新的概括。

十一年来，嘉实秉承着"远见者稳进"的理念执著前行，参与并见证着中国基金业的蓬勃发展。我们深深地感受到，在进取中创新，是中国基金业突破自我、拓展发展空间的必经之路。

从2000年嘉实基金丰和首次约束投资范围引领差异化产品的出台，到2005年全市场第一只沪深300基金在嘉实破茧而出；从首批开展年金管理业务，到率先致力于房地产信托基金的研究；从业内首开基金销售体制变革到"全天候、多策略"投研升级；2009年嘉实又在专户理财一对多业务、海外收购等领域不断作出新的尝试。今天，嘉实基金公司的创新绝非简单停留在产品与服务上，而是将触角伸向流程管理、业务模式、组织架构等多个方面，不断地突破自我，探寻着符合自身特点的发展之路。

创新源于远见和理想。我们认为胸怀远见的公司面对未来更为主动，而远见体现在每一个关键时点的判断与选择。我们必须看到未来的趋势：投资者需要什么样的资产管理公司、需要什么样的产品、需要什么样的服务？只有"远见"掌握了这种趋势并作出相应的制度安排，才能进行相应创新。

中国经济长期健康发展，国内居民人均财富的持续增长，将长期驱动中国

基金业的成长。我们有理由相信，中国有能力产生具有全球影响力的资产管理公司。在新的十年中，嘉实基金公司创新的眼光不仅停留在本土，还放眼于国际舞台。我们致力于成为具有国际竞争力的中国领先的基金公司，为国内客户提供更全面的全球资产配置管理服务，为亚太地区乃至全球的客户提供投资中国各类资产的解决方案。

创新更需要责任与担当。十一年前，嘉实基金公司将创新的基因融入自身发展的血液当中，让我们前进的每一步无不跳动着创新的脉搏。创新意味着突破旧有体制所要支付的成本，更意味着迎接挑战所承担的风险。国内的资产管理机构在海外发展挑战性会更大，当有了承担挑战的胆略和面对挫折的准备，我们比别人更为重视、投入更多耐心与毅力，至于成功与否，需要2~3年的时间来实践。

嘉实认为，既然肩负着千万投资人的信任与重托，不仅要为投资人奉献优秀的投资业绩，也有责任为他们开启一扇扇投资窗口。有担当的公司就是要有舍我其谁的想法，中国基金业正是在一次次的创新中不断为投资者提供更丰富的理财工具。没有创新，资产管理公司就将被市场前进的步伐埋没。

一流的业绩、一流的产品、一流的服务，是嘉实基金公司在新的十年所追求的目标，也是对广大投资人的承诺。步入新十年，嘉实将以完善本土能力为基点、以追求一流业绩为核心，在强化零售、机构和海外三个业务拓展平台基础上，坚持高绩效国际化的战略方向，构造"大船结构"的组织发展方式，追求综合实力的全面卓越。

如果说业绩是嘉实基金公司最核心的价值观，创新则是嘉实在新的十年中最重要的战略，它将引领公司不断进入新的领域，为投资人创造更大的回报。

感谢广大投资人对嘉实基金公司一直的信任与支持，嘉实所做的一切创新都是为了创造财富增值，让投资人梦想成真。中国基金公司正以过人的勇气走在创新的路上。

投资能力，决定基金公司竞争力

2015年6月股灾后，在国家高层的高度重视下，资本市场开始发生一系列深刻变化。

2016年5月10日，我们举办年度"中国基金业峰会"，探讨新形势下的资产管理行业发展之路。中欧基金管理有限公司董事长窦玉明，是我非常尊敬的一位老总，他对资本市场和投资，一直保持着专业、严谨和冷静。这次会议特别邀请窦玉明董事长出席，会上，他发表了题为"中国基金行业发展新趋势"的主题演讲。

窦玉明表示，目前机构投资者在A股投资主要面临几个问题，首先是市场总体估值比较贵；其次是波动比较高；最后是上市公司盈利能力不够理想。"目前A股估值还是在30倍以上，虽然A股近期跌幅较大，但和其他国家相比还是比较贵。A股的波动率也相对较高，年波动率接近30%。还有整体盈利水平也有待提升。这些都是令机构投资者感到困惑的地方。"

不过，窦玉明指出，A股市场目前正在发生的五大变化令人感到欣喜。

第一，估值正在回落。目前大市值公司的估值已经回落到十几倍的可接受区间，创业板的估值虽然还是比较高，但也在估值回归过程中。

第二，机构占比不断提高。过去A股波动比较大，个人投资者交易量占比较高，达到80%。而目前市场生态正在发生变化，公募基金、私募基金和社保基金等机构的规模都在快速增长。个人投资者占比在逐渐下降，机构占比在不断提高，都有利于市场的稳定发展。

第三，监管趋严。2016年对违法违规行为的处理比原来重了很多，这将令内幕交易者、短期投机套利者及市场操纵者面临更大的风险。

第四，股权分置改革后，上市公司大股东的股份可以流通，使股票定价更加合理。

第五，随着市场成熟，越来越多的上市公司值得投资。原来可以选择的上市

公司比较有限，里面出现好公司难度比较大，现在找到好公司的难度变小。通过选取过去十年净资产比较高的公司可以发现，过去的投资回报率都是非常好的。

最后，窦玉明指出，观察过去这些年的表现，基金公司的确体现出一些长期投资的优势，相对于指数而言超额收益明显。但选股能力的构建是艰难的漫长之旅，因此，基金公司以后的竞争将落实到投资这个关键因素上。衡量一家公司是否优秀的关键就在于其能否找到好的股票，在这个过程中，要涉及公司文化、考核制度以及投资流程等方面。这听起来比较简单，但真正做新、做细并不容易。

在这届年度评选中，大型基金管理公司广发基金荣获"金基金TOP公司奖"的殊荣。广发基金总裁林传辉发表了感言：

这一沉甸甸的奖项不仅是肯定和荣誉，更是激励广发基金管理公司奋勇前进的动力，我们深知，要成为一家顶尖（TOP）的财富管理公司，我们依然任重道远。

2015年是中国宏观经济下探筑底、结构分化的一年，这一年国内资本市场风云变幻，年中不期而遇的市场异常波动，使投资者经历了一场冰火交织的洗礼。跌宕起伏的市场环境，尤为考验机构投资策略和应变能力。广发基金凭借多年研究积累和投资沉淀，及时调整投资策略，在海内外市场均取得了一定的成绩。

根据银河证券基金研究中心数据，2015年广发基金主动股票投资能力在大型基金公司中排名第6，债券类投资主动管理能力在大型基金公司中排名第1，海外投资中2只产品获得同类型冠军。同时，旗下基金全年为持有人赚得357亿元，利润总额行业排名第4，受到广大投资者和业界的一致肯定。

在业绩优势的带动下，广发基金资产管理规模继续保持稳步增长。截至2015年末，广发基金全口径资产规模同比增长167%，达到4596亿元，在基金行业排名第9。其中，公募资产规模达3300亿元，较2014年底增长147%，公募规模在全行业排名第7。这是广发基金管理的公募资产规模自2006年以来连续十年进入同业前十榜单。

站在2016年的当下，我国经济处于新常态格局中，经济增长方式发生转变、资金的配置需求更为多元化，这对基金管理公司的多元投资能力和资产配置能力提出更高的要求。随着中国基金业进入创新变革、深化发展的"大资管"时代，广发基金未来将继续夯实投资管理核心优势，打造涵盖主动权益、固定收益、量化对冲、大数据策略、QDII及另类等投资领域的多元化业务平台，力求在公募、专户、基金子公司、香港子公司等各项业务领域全面开花，逐步成长为行业内顶尖（TOP）的财富管理机构。

风雨十二载，广发基金一路走来，始终坚持以投资者利益为中心，兢兢业业，勤勉尽责。通过近年来的着力布局，广发基金产品线逐步完善，多元投资能力架构初显，资产配置能力逐渐增强。未来，广发基金将继续积极进取，打造资产配置平台，为广大投资者提供专业、稳健的投资服务，做投资者信赖的财富管理者。

基业长青，打造百年老店，是基金业共同的心愿和追求。但在这一发展道路上，充满艰辛与挑战。之所以分享赵学军、窦玉明、林传辉这三位行业领军人物不同时期的讲话观点，正是希望基金业的各家公司，尤其是一批行业优秀的管理公司，能够不忘初心，肩负使命，引领行业行稳致远。

与信托业，不得不说的缘分

这些年最意外的收获，是目睹了信托业的高速发展。不经意间，看到了这个行业的重新洗牌和迅速崛起，一跃坐上内地资产管理行业第二位的交椅。

当年的信托行业，正处于风雨飘摇之中。2004年，行业刚刚遭遇整顿，几家出了事的信托公司被宣布处理，几位有名的信托大佬锒铛入狱，行业遭受一片打击。这个时候，我刚好接手分管信托报道和信息披露业务，说实话，我都替这个行业担忧。

当时，更多的精力还是放在上市公司和基金公司以及银行方面的报道和业务。不过，对信托业仍然高度重视，为了给行业鼓舞士气，报社团队积极策划，隆重推出每年举办的"诚信托"评选、颁奖和信托业年度论坛的活动。

2007年6月15日，第一届活动举办之际，行业排名前二三十位的信托业领军企业集聚上海。大家一起探讨如何走出风雨飘摇，如何抱团取暖，颇有些悲壮。好在出席会议的银监会领导和行业权威人士王连洲老先生，在发言中一直给信托业鼓劲，坚信明天会更好，令大家增添了不少信心。

"诚信托"活动就这样每年持续下去，至今已成功举办十届。客观、公正，积极推动行业规范、健康和持续发展，上海证券报社的这一高端平台对支持信托业崛起，发挥了不可替代的鼓与呼的作用，在业内影响越来越大。

再回首，纵观信托业这些年实现快速发展，我们的"诚信托"活动能够持续举办，很重要一点，得益于当时银监会监管机构领导的智慧与开明。从银监会主席刘明康到分管副主席蔡鄂生，从非银司几位司长、副司长，到上海银监局局长、副局长，都对信托业发展倾注了智慧与心血。我们每年的"诚信托"论坛活动，银监会及所属上海银监局都非常支持，安排相关分管领导出席并讲话，对行业发展提出要求与希望。

信托业实现超速发展，更是得益于这些年中国经济的高速增长，货币政策比较宽松，带来国家资产和人民财富的快速增长。自2007年信托公司重新登记后，信托行业借助自身制度优势以及信托市场需求的释放，经历了快速发展周期，迈入行业增长的黄金时代，信托规模屡创新高，年均增速达到47%。尤其是，这些年信托业为投资者创造了客观的投资收益，夯实了行业发展的基础。

每年与信托业一大批优秀的信托公司打交道，常年持续关注各家信托公司的发展，看到了行业以及各家公司起起伏伏。经过几年的不断洗牌，信托行业目前分化进一步加剧，公司间逐步拉开差距。平安信托、重庆信托、中信信托已经发展成为行业第一梯队，无论是信托资产规模，还是信托业务收入以及实现利润，都远远领先。信托业也是来来往往，行业领军人物不断变化。2017年我们举办年度"诚信托"颁奖与信托论坛活动时，出席的信托公司老总大多换了新的面孔。

常在河边走，遗憾，这些年我个人却没有投资过一只信托产品。有一次到北京一家信托公司拜访交流，公司销售部门的负责同志说："非常希望李总能成为我们公司的高净值客户。"听了，感谢之余，一笑而过。

与证券公司的经纪业务客户相比，信托公司确实都是高净值与高端客户。尤其几家领军信托企业的客户群应该更为蔚为壮观，客户净值之高超过私人银行的客户。这些年，得益于信托业的高速发展，不少客户长期购买信托产品，获取稳健回报与收益。那段岁月，投资优秀公司的稳健信托产品，是非常不错的投资选择与机会。

与任何行业一样，信托业目前也面临着成长的烦恼。近年来，信托公司打破刚性兑付的问题，已经成为绕不过去和行业正视的现实与问题，成为社会关注的话题。从2017年开始，面对新常态下一系列政策的推出与调整，信托公司也面临着新的形势与新的挑战。未来，行业实现规范、健康和持续发展，一定还需要信托业人士不忘初心，付出更大的努力。

信托业，面临转型时期

应该说，对于信托业过去几年的爆发式增长，令行业内外人士都有些意想不到。信托业的发展，得益于中国经济的高速增长，得益于货币政策的持续宽松。

在长期持续关注信托业发展的过程中，我对上海国际信托有限公司、北京国际信托有限公司、华润深国投信托有限公司这三家"老牌"地方国资控股的信托公司比较看重，分别几次到公司深入调研。三家公司被誉为行业的"常青树"，专业、稳健，追求可持续发展，在行业具有独特的影响力。

在我们举办的年度信托业峰会上，连续两次邀请时任北京信托董事长李民吉出席，并作主题演讲。会下交流中，我感受到李民吉董事长的智慧与远见。

2014年6月27日，在"2014中国信托业峰会"上，北京信托董事长李民吉出席并发表主题演讲。他在演讲中指出，过去赚息差高速发展的方式已不可持续，随着信托业信托资产规模季度环比增速一直呈现出下降趋势，外部环境充满了不确定性，眼下正是中国信托业政策结构调整与调整商业模式的最好时期。

"过去十年赚息差高速发展的方式已经行不通了。"李民吉强调。"过去信托盈利模式主要来自息差收入，这得益于此前国内经济处于高速增长，在经济的上行周期中，经济总量的不断增加掩盖了很多问题。"李民吉说道，"同时信托业还得益于市场利率市场化程度的不足和金融资源稀缺等各方面的优势"。

在他看来，随着现在经济增速放缓，利率市场化、货币政策变化使得外部环境充满不确定性，一旦信托公司无法充分地转移风险，信托业近几年赖以成名的发展模式缺点自然就暴露了，中国信托业将步入调整期。

"相比较寻找新的领域和增长点，信托行业更需要解决的是目前不可持续的商业模式，近年来行业逐步走上发展周期，眼下正是信托业政策结构调整与调整商业模式的最好时期。"

刚性兑付一直是信托业的"潜规则"，信托公司和监管层都想打破却一直不得其法。对此，北京信托董事长李民吉认为，与其迎合市场当中扭曲的风险收益需求，不如让其阳光化、明确化，使它成为产品内生属性，以市场化的方法对其进行定价，消除潜在风险。

2015年信托业峰会在6月17日召开，正逢股市那两天开始进入调整。会前，我与国务院发展研究中心宏观经济研究部研究员魏加宁、北京信托董事长李民吉以及海通证券资产管理部老总等几位人士私下交流，他们对当时资本市场的火爆非常担忧，表示不容乐观。信托业峰会结束后，股灾开始全面爆发。

在大资管背景下，规模突破14万亿元的信托业不得不重新审视自己的定位。北京信托董事长李民吉在"2015中国信托业峰会"上指出，信托业转型目标一是成为更强大的资本中介，二是成为更全面的财富管家。

李民吉透露，根据北京信托和波士顿咨询研究发现，在不考虑设立信托业保障基金的影响的情况下，未来五年信托行业资产规模年均增长率可能放缓至11%到18%，随着利率市场化程度的提高，存贷款利率向均衡靠拢，银行未来在投资端将开放更多的权限。券商、基金、保险等金融部门，可通过资产管理计划或子公司等方式与信托业形成正面竞争，信托制度红利有可能演化为普惠而非信托业独享。

因此信托业转型是大势所趋，人们经常把信托公司称为私募投行、实业投行或者广义投行。李民吉表示，考察国际领先的投资银行，大体存在全能巨人型（如UBS、摩根士丹利等）、对冲基金型、高级定制型、关系专家型、顾问专家型和通用服务提供商六种业务模式，信托公司应根据规模大小和价值来源在这六种模式中作出选择或组合选择。

"信托公司转型的目标，一是成为更强大的资本中介，强化结构性融资实力，逐步建立更广泛的投资银行能力，提供综合化融资解决方案；二是成为更全面的'财富管家'，夯实高端客户基础，成为超高净值客户首选的财富管理专家。"李民吉说道。

目前，监管当局正在着手制定《信托公司条例》（以下简称《条例》）和《信托公司行政许可办法》（以下简称《许可》），有关转型的讨论意见基本上都反映在征求意见稿中，包括一些新的重大利好，包括设立专业子公司、证券承销业务、股指期货业务、受托境外理财业务、房地产信托投资基金业务、建立信托产品

登记制度、建立信托产品流通市场、发行金融债券和次级债券、固有资产投资和租赁业务、同业拆借业务以及许可信托公司IPO、新三板和买壳上市。

李民吉认为，这些长期困扰信托公司发展的制度规范和经营权限有望在《条例》和《许可》中得到落实，信托公司容易明确转型的方向和定位。

诸如信托产品登记和流通制度对化解和缓释刚性兑付有重大帮助；同业拆借和发行金融债、次级债对解决信托公司流动性和二级资本来源找到了出路；恢复固有资产投资权限有助于信托公司更好地开展股权类业务并且为以盈利补充资本来源增添新的渠道；受理境外非标准化理财业务更适合发挥信托公司资产管理和财富管理优势，帮助国内高净值客户配置境外资产和实现中国资本有序输出；而允许信托公司上市更能激发信托行业做大做强，充实资本实力，提高抗风险能力，在提高信托公司透明度的同时，借助市场力量进一步确认信托公司的盈利模式。

"举例来说，现在一些业务中信托公司只扮演通道的角色，我认为这是贬低信托公司自有价值，信托公司应该发挥信托行业本身的优势，我们的优势一定不在标准化产品上，标准化产品是非市场化的，信托的优势在非标产品上，非标产品有大量的市场需求，信托公司灵活的制度优势和资源更擅长于做非标产品。"李民吉说道。

第五章

CHAPTER 5

公益扶贫，用心付出爱

仓廪实而知礼节。履行社会责任，做有品质的慈善事业，让公益成为一种生活方式，犹如一股春风，这些年吹遍了中国大地。

资本市场，财富聚集，更流淌着对高品质公益扶贫事业的探索与追求。

无论是监管部门，还是各大金融机构，以及上市公司和其他市场主体，对于履行社会责任，积极践行公益事业，扶助捐助贫困地区，回报回馈社会，格外看重。这些年，纷纷探索出一条可持续的公益扶贫之路，令人称赞。

尤其2017年，公益扶贫之花盛开，受到全社会广泛重视。各级政府、国企央企以及金融机构，纷纷开展对口扶贫活动，将这项事业推向新的高度。

做有品质的公益扶贫事业

各大金融机构倡导社会责任，关注公益扶贫事业，迈出的步子比较早，尤其是银行、基金、保险的一批行业领军企业。

我们在组织年度基金评选活动时，很早就把履行社会责任，践行公益扶贫事业，作为一项考核评选指标。不少基金公司当时每年用于捐助扶贫事业的资金、数额逐渐增多，方式方法逐步科学，纷纷建立自己的扶贫点，探索适合可持续发展的公益扶贫之路。华夏基金管理公司、南方基金管理公司、兴业全球基金管理公司、嘉实基金管理公司、鹏华基金管理公司等公司，在当时比较活跃和突出。

2008年5月12日汶川大地震发生，当时全国人民立刻行动，纷纷捐款捐助支援灾区人民，资本市场各方的捐助更是非常踊跃。只是，在灾后重建的过程中，断断续续发生的对公益资金的滥用和糟蹋，让不少人比较寒心，更加关注如何投入到有品质的公益扶贫事业中。

2010年6月22日晚，我回中欧国际工商学院聆听了一场公益慈善的讲座，深受打动。这场讲座由中欧校友爱心联盟发起组织，邀请时任新华爱心教育基金会理事长张君达做客，畅谈他自己从事公益慈善事业的心得。热心公益事业的台商张君达分享了他在大陆接手公益项目"珍珠班"后，全身心投入这项事业，努力实现"捡回珍珠计划"，与8000个贫困地区的孩子谱写了非常感人的故事。

回去后，我内心久久不能平静，深深为这些贫困地区孩子的生活学习境遇所牵挂。努力尽自己的一份微薄之力，我引导家族中的男孩子，我们个人出资，资助"珍珠班"的学生。同时，安排对张君达先生进行专访，希望这个项目可以引起社会更广泛的关注。随后我们推出了《新华爱心教育基金会理事长张君达：做有品质的慈善事宜》一文，文章影响很大，被广泛转载。一些金融机构和上市公司也积极与新华爱心教育基金会联系，主动参与到"珍珠班"公益扶贫项目。

在报社内部，大家一直探讨如何更好地践行公益扶贫，张君达的"珍珠班"

项目，也深深打动了我们。2011年6月1日正值"六一"儿童节之际，报社邀请一批有社会责任感的上市公司，包括伊泰股份、山西汾酒、宜华木业、智飞生物、上海医药、科伦药业等共同推出"珍珠焕彩"慈善公益计划，捐资助学，与新华爱心教育基金会一道建立"珍珠班"。

这个项目每年持续推进，不断有上市公司积极参与。伊利股份、伊泰股份、凯迪电力、华润双鹤、国金证券、广东榕泰、力帆股份等公司，荣耀成为第二批"珍珠班"的出资捐助企业。上证公益事业，让百余名成绩优秀但家庭贫困的孩子有机会成为"珍珠班"学生。这些孩子们不断成长，大学季到来时，喜讯频传，纷纷考入重点大学。

2014年报社又将公益扶贫事业推向深入，与云南省兰坪县富和小学开展帮扶工作，出资为那里的孩子们建造宿舍楼。报社所有同志参与捐资助学，上市公司伊利股份、青海明胶、西藏矿业、哈药股份、冠昊生物、南洋股份等多家企业也加入爱心援建活动。不少同志主动献爱心贡献力量，深入到学校探访孩子们，帮助学校和孩子们具体解决实际困难。虽然学习生活比较艰苦，但孩子们的灿烂笑容那么明媚，令人感动。

张君达：慈善要用心经营

张君达，一位事业成功、生活优越的企业家，在他把企业交给儿子后，一头扎进了慈善事业。2012年4月，我与资深记者唐真龙再度采访张君达先生，听他畅谈"珍珠班"项目的发展。

四年前，张君达领导下的新华爱心教育基金会发起了"捡回珍珠计划"，针对很多孩子由于家庭贫困，初中毕业之后，无法继续上高中，只能种田或出去打工挣钱养家的情况，这项计划与全国各地的重点中学合作建立"珍珠班"，按照学业特优、家庭贫困的"双特"标准，帮助这些"蒙尘的珍珠"完成高中三年的学业。

四年过去了，张君达的慈善事业成绩斐然。在用心做慈善的同时，张君达用自己做企业的经验、理念，去勾画他慈善事业的蓝图。他认为，一个社会上的爱心种子越多，这个社会就会越和谐，而爱心在高效的机制下将能发挥更大的作用。

2010年7月，记者第一次采访浙江省新华爱心教育基金会理事长张君达，那时第一届参加高考的"珍珠生"正陆续收到大学录取通知书，他与基金会的工作人员以及众多的捐款人初尝收获的喜悦。还是一样火热的七月，记者再度与张君达面对面，"珍珠生"不负众望，交出了更完美的答卷，他甚感欣慰。

然而，这一年对于张君达和基金会来说都不是普通的一年。在过去的一年中，"珍珠生"的数量成倍增长，"珍珠班"正在向县级市延伸。而在这一年中，慈善界也从未如此热闹，高调行善的陈光标遭到质疑，"郭美美"事件将红十字会置于风口浪尖，公众对于包括红十字会在内的慈善基金会产生了信任危机。

面对这些危机，新华爱心教育基金会将如何应对？对于基金会的长期发展又将如何规划？如何从机制上保证捐款人的每一分钱都用于慈善？针对这些问题，记者再次对浙江省新华爱心教育基金会理事长张君达进行了专访。

记者：今年高考已经陆续放榜了，这一届参加高考的"珍珠生"的考试成绩

如何？

张君达："珍珠班"今年已经做到第五年了，目前高考放榜情况刚刚出来，这一届有2600多个学生，目前已经有十几个学生的录取情况出来了，有清华、北大，也有复旦的。从目前的分数来看，今年67%的学生都考上了重点大学，100%上了本科线，一、二本加起来占了90%以上。

记者：看到这种状况您是什么心情？

张君达：我觉得蛮开心的，就像你种庄稼一样有收成了。2007年我们办第一届"珍珠班"，之后的三年只是投入没有看到结果，从去年开始，我们看到结果了：第一届毕业的1500个"珍珠生"中，有56%进了重点大学，今年是67%，明年有3220个"珍珠生"毕业，2013年有4000多个，一年比一年多。

记者：目前"珍珠班"遍布全国多少个地区？

张君达：目前全国只有少数几个省市没有"珍珠班"，比如西藏、海南、北京、上海、天津、江苏、广东等，其他地区都有了。明年我们将会在广东和海南开设"珍珠班"。我们在设"珍珠班"的时候，一个重要的依据就是一定要找到合适的学校，我们也要考虑升学率。我们现在逐渐往县级高中走，因为地级市经济越来越发达了。我认为应该将有限的资源用在最需要的地方。

记者：目前基金会运作的情况如何？

张君达：目前基金会做的最大的项目就是"捡回珍珠计划"，今年一共资助了6000位学生，这6000位学生需要的资金是4500万元。我们募集资金的情况还是不错的。事实上有爱心的人到处都是，真的很多，但关键是一个信任。

记者：由于近期网络上对"郭美美事件"的炒作，使得社会各界对一些基金会产生了信任危机，这对于您主持的基金会的运作是否有影响？

张君达：的确，从"郭美美事件"开始，公众对于慈善基金产生了信任危机。但我的看法恰恰相反。我曾经是一个商人，我认为越是危机，越是转机。这次也是一样，我觉得这对于我们来说是一个机会。首先，你要针对捐款人做最好的服务，我们现在最大的优势是捐款人能够看到自己的捐款起到的作用，我们直接将捐款人与受助对象"结对子"，捐款人捐多少，孩子就拿到多少。其次，我们趁现在这个机会要将工作更加细化。比如我们的账目要重新组织一下，让它更透明，让很多人一看就懂，因为有些账只有专业人士看得懂，这是不行的。此外，在"结对子"方面要做得更仔细，以前我们的做法是，捐7500元才结对一个孩子，我在研究明年将小额捐款聚拢起来结对，也许一个孩子对应六七个捐款人。这样的工作虽然很麻烦，但对基金会的发展很关键，我们要趁着这个机会将工作做得更细、做得更好。

记者：您对基金会的运作有何长期规划？

张君达：从目前的情况来讲，我们基金会现有的人员是够的。我现在考虑的是两年以后基金会的运作。首先，从现在开始我们走企业化经营的路线；其次要降低义工的年龄，目前我们这里有12个从中国台湾来的义工，最小的55岁，最大的76岁，岁数偏大，随着这些义工逐渐离开，我们再补进来的都是年轻人，尽可能不要年龄太大的。不过对于专业的义工，年龄大些我们也要。未来三年，我们的"珍珠生"大学毕业了，如果他们愿意加入基金会，我们也会起用"珍珠生"作为我们的义工。

目前我们还在做的一项工作就是将义工分工，各自负责某一项工作，比如有的专门负责监督学校、有的负责处理投诉、有的负责面对捐款人，各司其职，这样有一个好处就是专人专责，便于管理。发展是逐步的，只有将内部架构做好，效率提高以后才能逐步将规模做大。现在我们已经将内部架构做好，正在执行。

我现在考虑的问题很多，包括学校的发展怎么样，基金会的发展怎么样，以及六年之后我理事长的任期结束之后基金会如何发展，我今天的所作所为不能给未来接任的人带来任何困扰。

记者：与红十字会的运作模式不同，目前新华爱心教育基金会不从捐款基金里提取任何行政费用，这是否能够维持基金会的运作，基金会如何确保基金的资金安全？

张君达：目前我们不从基金里提取任何费用，基金会的运作主要依靠定存利息，而我本人的花销不占用基金会的任何资金，全部都是自己出资，包括我的出差费用、交通费用等，都是花自己的钱。就基金会的运作来说，目前也处在升息周期，我们的利息也越来越多，目前利息也能够保证基金的运作。为了确保基金的安全，我们目前的基金只能存定存，不能做其他任何投资，这样才能确保资金的安

全。只有确保了资金安全我才能专心做别的事情。

记者：今年以来，在慈善领域发生了很多事，包括"郭美美事件"、陈光标高调做慈善等，引起了很大争议，你认为做慈善应该本着什么样的态度和原则？

张君达：我一直反对慈善基金会从事商业活动，因为一旦牵涉商业活动就有"利"字在里面，这个时候，基金会就无法摆平各方利益。理事长说这个，秘书长说那个，各方利益无法均衡，因此我非常反对基金会从事任何商业行为。此外，基金会绝对不能有小金库，任何机构只要有小金库，它的账就有很多花样了。最后，基金会一定要透明，要吸纳很多捐赠、捐款的人参与进来，共同监督基金会的运作，这样基金会的运作才能规范。

至于私人做慈善，比如陈光标、曹德旺，我对他们其实是非常佩服的。去年曹德旺做了一个3亿元的扶贫基金，他的做法我很赞同，他也会借助很多别的力量去做慈善，不仅仅是个人力量。陈光标仅仅是依靠个人的力量在做慈善，他更高调一些，但我们不能说这种行为不对，因为他始终如一地在做慈善，他在身先士卒做慈善。但是高调有些时候会让人反感，因此他招来了一些争议和是非。我们从另外一个角度来看，其实他这样做也是一件好事，因为他这样的高调宣传让更多的人认识到了慈善，这样的影响已经很有意义。我认为对于做慈善的这些人，社会不应该用显微镜来看他们，只要他们在做慈善，我们应该对他们抱有一种宽容的态度。

目前社会上有爱心的人很多，但是我们不能仅仅依靠一对一地帮助来做慈善，慈善不仅要帮助那些需要救助的人，还要让社会撒下爱心的种子。一个社会上的爱心种子越多，这个社会就会越和谐。

从60岁到71岁，909张机票，风尘仆仆10万里行程，张君达几乎走遍了中国所有贫困地区，改变了60000多个孩子的人生轨迹。每年三分之二时间，他都在山区里度过。

2015年张君达卸下基金会理事长的职务，加入上海杉树公益基金会成为一名理事，完成他支教的愿望。"效果真好"，他开心地说。而在这份开心的背后，是无数次进出凉山的奔波与辛苦，要为种种问题与当地学校、政府沟通，要日夜为支教老师们的身体和心理状况担忧。"支教对我来讲很紧张，家长把孩子们交给我，我把他送到山上去教书，他出了任何问题我都要负责。"

2017年，张君达在600多位报名人中层层筛选，最终将34名支教老师送进凉山。上一年第一批支教老师中，也有三人在2017年选择继续留下来，每月工资比第一年多一千元。"我鼓励他们留下来，因为留下来的老师是事半功倍的"，张君达说。

"一个支教老师一年大概需要48000元，至少可以改变100个学生"，做企业的思路再次体现在张君达的公益事业上。"上一年老师接手的时候，一个班三四十个零分，现在没有一个零分，这就是进步。第一年下来看见那些孩子的改变，开心得不得了，我真的好开心。"

张君达常常跟老师讲，必须要有三个心。第一要有爱心，没有爱心上不了山。第二，一定要很用心。第三，一定要有耐心。这是张君达对支教老师们的要求，也是他在11年公益生涯中身体力行的行事准则。

这位年逾古稀的老人，一面感慨着命运的烙印一辈子不会改变，一面用尽自己最大的努力去做那"蝴蝶的一振翅"。而时间带给了他最好的答案。"看到他们，就是让我一直做下去的原因。"

社会责任，贯穿于公司治理

倡导社会责任，不仅仅表现在大手笔的捐款捐物，做公益事业，对于企业而言，做好公司治理，注重绿色环保，倡导责任投资和绿色投资，更是所有企业应该践行的分内之举。

这些年，资本市场越来越关注社会责任，提倡责任投资，绿色投资。不少上市公司每年主动推出社会责任报告，尤其是一批央企和大型金融公司，让社会监督。一些有责任感的基金公司，还专门推出社会责任基金。

对此，无论是中国上市公司协会还是中国证券投资基金业协会等部门，都非常重视，积极倡导。自2006年起，我们团队策划推出"中国上市公司优秀董秘"的评选活动，其中一个奖项就是"最具社会责任感"奖，倡导上市公司董秘在工作中积极践行和推动公司对社会责任的关注与贡献。2017年，我们在"金基金"评选活动中专门增设了"责任投资基金奖"项，以鼓励表彰努力践行社会责任的基金管理公司。

2006年度，兖州煤业、驰宏锌锗、张江高科、云南白药、豫光金铅、潍柴动力、中铁二局、华侨城、建发股份、中金岭南、东方航空、泰豪科技、中国人寿、招商轮船、孚日股份等公司董秘分别荣获社会责任奖项。2017年"金基金"评选中，兴全社会责任混合型证券投资基金、建信社会责任混合型证券投资基金等，分别荣获责任投资基金奖项。

人生到了这个阶段，我个人对公益事业更为关注，希望身体力行。"年轻时代，对财经充满热爱。经过这么多年，看多了上市公司造假，看多了不规范和投机行为，尤其经历2015年6月的股灾，发现资本市场暴露出的投机性与丑陋，相比较，医生救死扶伤、老师教书育人以及公益扶贫，一定程度上对社会更有意义。渐渐地，对财经少了更多的激情，沉淀更多的是对工作的一份责任"。

这段话，是我在2017年初的内部工作总结会上，与大家的一段分享。简单地评价并不完全和客观，但确实流露出作为一名资深财经媒体从业者，我非常希望中国资本市场和金融业良性循环、健康发展，对中国经济发展发挥应有的推动作用。让更多新时代的年轻人，让正在冉冉升起的新一代，开启一段他们的光辉旅程和价值人生。

最近，我一直在思考金融业的意义。金融，要维护国家金融稳定，保证金融安全，要增强金融服务实体经济的能力，不能成为空中楼阁和海市蜃楼。中国在从制造业大国向制造业强国转型提升的过程中，资本市场要积极助推优秀上市公司的发展。随着经济全球化、人民币国际化和中国企业"走出去"，以及中国资本市场不断扩大的双向开放，中国金融业发展，需要行稳致远。金融的稳定发展，推动着大国崛起。

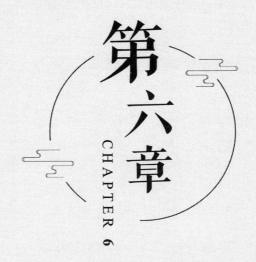

第六章

CHAPTER 6

优雅女生，一生的朋友

蒹葭苍苍，白露为霜。所谓伊人，在水一方。美好的女子，亭亭玉立，从古至今，散发着真善美的气息。

　　散落了一地的光阴，犹如一颗颗珍珠，被岁月穿成女子的婉约与从容。在光阴的诗行里，书写着深情款款。

　　很幸运，在我的人生中，在我生活里，一直有这样的姐妹朋友相伴。她们带给我人生和生命的感悟，将我的人生与修行带向一个崭新的境界。

所有的不期而遇，都是温暖

生命是一场爱的抒情，所有的不期而遇都是温暖。认识女人，分为不同阶段。

年轻时，职业的原因，接触的都是工作关系的朋友，优秀的上市公司老总、智慧的监管部门领导、专业的机构投资人，交流的都是采访话题。问得最多的问题，不是对市场怎么看，就是公司怎么样。热热闹闹的工作之后，常常是戛然而止的疏离。

走上领导岗位之后的岁月，分管的工作和业务比较多。特别是刚开始几年，改革创业阶段，事无巨细，自我加压。这个阶段更多忙于报社内部管理工作，对外则是代表报社谈业务、谈合作。那时候，真的是很认真，常常很较真，有鲜明的做人原则。

风花雪月的诗句里，我在年年地成长。走着走着，慢慢地发现，心怀浪漫的我，竟然在生活中一个人走了很长的路。

一个人的日子美好悠长。可以忙碌地工作，早上九点直到晚上九点。一次深夜下班开车回家，恍惚中错过了回家的路，竟然开进浦东去浦西的隧道中。最忙时候，坐在办公室签完最后一个版面，抬眼已是凌晨五点。

可以紧张地出差。飞来飞去，上海飞北京，北京回上海，从一个机场到另一个机场。偶尔，恍惚中竟不知身在何处。

也可以悠闲地过着周末。一杯咖啡，或者一杯茶，一本书，灿烂的阳光透过玻璃窗洋溢着暖洋洋。那段时光，对于最喜阅读的我，是高质量的阅读收获期，阅读，丰满着我的思想与人生。

流水它带走光阴的故事，改变了一个人。身边不知何时，开始走进姐妹的身影。经常而短暂的交流，从丰富我的生活，到像家人一样重要而平常。对国学和中医的认知，对艺术品与收藏的热爱，对时尚与健身的兴趣与坚持。我的内心，就这

样被姐妹们的大气、包容、爱心滋养着。

一直自认为自己聪慧，从姐妹们身上，学习到了智慧与大爱。十几年前，工作中与生活中渐渐认识了不同圈子的众多姐妹。她们亲切平和，身上散发着一份光芒，隐隐地吸引着我。

渐渐地，我走进一群优秀女性的丽人圈子。好"养眼"啊，一群在金融行业、企业界和媒体行业活跃而有影响的姐妹们，个个令我发自内心地赞叹。

优秀姐妹们的光芒，来自她们在社会行走中所绽放的智慧与所付出的大爱。姐妹们柔和，有爱心，智慧，从容。几位姐妹一直引导我认知国学的灿烂与博大，包括对佛学的认识与思考，对《黄帝内经》及中医的兴趣与敬畏。她们每次出差来沪，临走会送我几本书，让我回去阅读与修行。

当初与我志同道合做同行，早期在央视财经工作的好朋友，一直带给我纯净的友谊和对人生的思索。她很早就辞去光鲜的记者工作，在家潜心修佛和学习国学，当时令许多人诧异。至今，最喜欢我们在一起聊天的时光，她依然健谈、真诚，不改活泼与个性鲜明的本色，而我却已能感受到修行多年后她内心散发的那份淡然与沉静。

文化与艺术相互映照。我对艺术与收藏的关注，也是来自姐妹们的熏陶。无论是带我看博物馆馆藏，还是带我欣赏每年的各大拍卖展览，或是周末跑到画廊看画，甚至在上海一些幽静的街路上走街串巷寻找老家具，艺术的滋养就这样一点一滴渗入我的情怀。

就这样，本来对艺术品没啥兴趣的我，有一天突然开了窍，开始苦心钻研艺术品鉴赏与收藏。明清家具鉴赏、欧式家具鉴赏、中国书画鉴赏、世界油画鉴赏、翡翠鉴赏，那段时期，我看了很多书，有时间就阅读，如痴如醉。采访了不少艺术家，包括周春芽、潘鸿海、黄来铎、徐芒耀、何家英、周长江、陈琦、张峰、阎秉会、张晓刚等，推出了一系列艺术财经之佳作。

那段时期，深受喜欢艺术收藏的姐姐的影响，对古家具和老家具非常喜爱，每每爱不释手。黄花梨家具、明清家具、欧式老家具，每到各地，必去博物馆欣赏。自己零零碎碎也买了一些东西，包括最喜欢的中式和欧式的老家具。摆在家里，常常一个人静静地坐着欣赏，恍如在时空中穿行。

这种闲情逸致伴随着后来可爱儿子的呱呱落地，开始"意兴阑珊"。一方面，实在是忙碌得暂时没了心情和时间。另一方面，收藏中逐渐感悟到，如何将藏品存放好和保养好，要求很高，最好是有博物馆可以放置藏品，而一般人士没有这个水平和实力。

随着可爱的小男生逐渐成长，前几天，五岁半的他突然问：妈妈，什么是古董？我说：你现在吃饭用的这张桌子就是古董啦，是欧式老家具，具有上百年的历史，以后不要再在上面掉饭粒和撒汤了。儿子听了，似懂非懂。充满朝气的小朋友，赋予古老家具以新的生命和活力，这样的收藏，也是乐在生活之中。

希望艺术的熏陶和培养，可以潜移默化。小男生从小就到小区的幼儿培训机构学习画画，在幼儿园也经常画一堆彩色纸片带回来。但并非师从专业老师，仅仅培养兴趣和玩玩。当看到家中装裱好的字画挂在墙上，这个小男生每每兴致勃勃地把他的画作也要贴在字画下边。最近我看到他每次画画就是拿支笔在纸上涂抹一气，可爱和可笑的拙态，但画作有些不可忍视。于是，就认真与他讲：艺术家创作要赋予作品以情感和生命，作品才能栩栩如生，而不是像刷墙一样刷刷刷，装修工人才这样刷墙。他听了，开始有认真状态，也在体味栩栩如生。

收藏，最终还是要回归于社会。收藏者，在其当时的时代，更多还是保管者，为社会保管好珍贵的艺术品。怀着这样的心态，现在每年的艺术品拍卖季到来之时，在上海看看几大拍卖行的巡展，近距离感受部分珍贵拍品的历史积淀气息，进一步了解每年的艺术品市场的行情和价格。此时，可以更多沉浸在对艺术品欣赏的乐趣之中。

当代艺术家张晓刚："绝望"的表现主义之旅

当代艺术家F4群体诞生后，一度引领中国当代艺术画坛的创作与走向，在世界艺术圈中也被广为关注，他们不少作品被国外美术馆收藏。

2011年6月初，我带着报社资深记者唐真龙联系采访艺术家张晓刚先生。之前我与张晓刚先生一直电话联系，采访安排比较顺利。下面就是这篇采访文章，由唐真龙执笔。

"当你的画卖100美元时心里很踏实；等卖到100万美元时，却很麻木，甚至有一点点惊慌。"张晓刚曾经这样说。他记得，自己第一张画卖了100美元时，那是实实在在的高兴；当被别人认为值100万美元时，他觉得好像在说另外一个人。这幅卖到100万美元的作品，他当时拿到了大概5000美元。他更看重的，还是别人说他的画很好。

他是个善于自我反省的人，而正是这种反省给了他冷静的头脑，使得他在德国之行被打击之后绝处逢生，也在作品被拍出天价之后，反而更多地思考关于艺术本质的问题。

在各种声音之中，他保持自己的态度，清晰得近乎冷漠。

"你越拒绝前卫，别人越认为你很前卫！"这是张晓刚的困惑，也是很多前卫派艺术家的困惑。作为中国当代画坛最炙手可热的画家，张晓刚不认为自己的艺术很前卫，相反他一直在往回看，一心想要退出前卫，但他的这种艺术态度却成为一种前卫。

在一个闹中取静的地方，落地窗边的沙发上，听着咖啡吧幽雅的轻音乐，看着窗外熙熙攘攘的人流，静谧与喧闹、繁华与纯净，尽在转念之间。记者与张晓刚的采访就约在这里，由于此前已经在各种媒介见过他的"庐山真面目"，因此当他迎面向我们走来时，我们立刻认出了他，沉稳、内敛甚至略显质朴，没有一丝前卫的影子。

虽然被视为中国当代前卫油画"四大金刚"之一，但张晓刚并不认为自己前卫。与同龄人的经历类似，出生于"大跃进"时期的张晓刚，"文化大革命"时父母被隔离审查、高中毕业后下乡插队，随后考入四川美术学院绘画系油画专业77级。与同批次的画家相比，张晓刚属于"大器晚成型"，无论在大学期间还是毕业之后的相当长一段时期，他的艺术经历都颇为坎坷。直到1992年，一次欧洲之旅，开启了他艺术与人生一道崭新的大门。

1992年，是张晓刚艺术生涯中一道重要的分水岭。这一年他终于如愿前往德国与表现主义进行了一次最为亲密的接触，但这次接触却促使他与钟爱的表现主义分道扬镳。在德国的3个月时间里，张晓刚每天看画廊、看博物馆，他拍了1000多张片子，这种狂轰滥炸似的浸染在带给他冲击的同时使他感到了绝望。"我记得在德国看小孩画画，随便画几笔都是表现主义的东西，这时我才理解他们为什么会出这样的东西，他们民族的根里就有这个东西，就像中国的书法和水墨一样。"

这次表现主义之旅改变了张晓刚的艺术观。在1992年之前，张晓刚一直是表现主义的忠实"粉丝"。"表现主义是德国艺术的精华，到德国去一直是我的理想。"从大学时代起，表现主义一直都是他喜爱的艺术形式，虽然后来也曾经喜欢过超现实主义等艺术形式，但他一直保持着对表现主义的热爱。但这次的德国之旅却使他意识到，表现主义并不属于自己，"不是我不喜欢表现主义，而是我看了表现主义的原作之后，我开始知道我是谁了，这个是最重要的。"

与表现主义面对面使张晓刚一下子找回了自我，但这种感觉使他既兴奋又痛苦。当一个人突然之间发现自己并不是原来认为的那个自己时，他首先会感觉到兴奋，之后又会觉得痛苦，那时的张晓刚就是这种感觉。"当你意识到你不是你原来认为的那个人时，你应该是谁呢？应该怎么办呢？非常茫然。"这种痛苦的感觉让他感到绝望，他觉得自己永远画不出那么好的表现主义的作品。

但正是这种绝望感成就了他——使他最终决定放弃自己一直喜欢的表现主义。"我当时有两条道路可以选择，一条就是将中国的传统和西方的现代艺术相结合，另一条是回到中国的传统。这两条路对我来说都没有太大的戏。我很本能地去想，作为一个中国人，要去寻找什么样的资源。"最后他发现，他的资源既不是西方艺术，也不是中国五千年的文明传统，而是中国当代。

从某种意义上来说，正是这次"绝望的"出国经历，带来了张晓刚后来的成就。用他自己的话来说，"这种绝望的感觉为大家带来后来的那些作品，如果是一种愉悦的感觉，丰富了我的学养，回来继续工作的话，我觉得画不出'大家庭'那样的作品。"

在2010年香港苏富比秋拍中，张晓刚的《创世篇：一个共和国的诞生二号》以5218万港元天价拍出，并刷新张晓刚个人拍卖纪录。现在看来，"共和国"系列和"大家庭"系列都是张晓刚最具代表性的作品，但这两个系列却有着本质的区别。从"共和国"系列到"大家庭"系列是张晓刚在艺术创作上质的飞跃。

张晓刚是一位善于自我反省的艺术家，直到现在他还保持着这种自我反省的习惯，这种反省也使得他总是能不断地突破自我。《创世篇：一个共和国的诞生》等两幅作品创作于1991年至1992年间，也就是在张晓刚出国之前，当时他还是四川美院的老师。这两幅作品的创作是为了参加全国美展，当时恰逢中国共产党建党80周年，因此学校要求每位老师都要出方案，由于之前从来没有画过建党题材，因此他就去图书馆查资料。当他把党史上的一些资料拿出来看时，他惊呆了，"我从来没有看过那么多照片，我们原来受教育的时候都是通过简单的文字，但是我看到这些照片时，我还是受到震撼了。"张晓刚回忆道，首先他为那个时代的一些人如李大钊、瞿秋白等人思想的成熟感到震撼。他们还那么年轻，却有如此完整而深刻的思想，这是张晓刚以前没有感知到的；另外，从那些老照片上，他也发现了不一样的美，他把那些照片借回来铺在床上一看，那个时代的感觉就出来了。于是，循着这种感觉和思路画了"一个共和国的诞生"系列，这个系列是他个人的符号，与个人记忆有关。他认为这样的创作既不违背自己的创作原则，又跟创作的主题有关。但令他感到意外的是，他的创作在当时遭到了否定，送展之后没有被评上。也就是从那时起，他再也不参加全国美展。

如果说，"一个共和国的诞生"系列是一种潜意识的探索，那"大家庭"系列就是经过绝望与毁灭之后艺术的重生，是一种成熟的、自觉的探索。

从德国回来之后，由于始终找不到创作的灵感，有半年的时间张晓刚都没有画画。直到1993年秋，他从北京回到昆明老家，重新思考他在绘画风格上应该作出的改变。他发现了一套家藏的老照片，突然之间，他觉得"要出东西了"，就这样他创作了"大家庭"系列。"大家庭"系列是一种记忆，这种记忆带有鲜明的时代性。张晓刚认为时代性是一件艺术作品中一个很重要的组成部分。"一个艺术家必须要有个人的东西，要有时代的感觉，哪怕你是反抗这个时代的，你都要有一个态度。"而他认为自己就是反抗这个时代的。

除了自我反省，张晓刚也是一个喜欢自我检讨的人，他原来有一个习惯，每到年底时要做一个类似反省书一样的东西，今年做了什么，有没有进步，后来慢慢这个习惯就变成了几年做一次，但基本上每年到年底都会想一想。

在"大家庭"系列之后，他又创作了"失忆与记忆"系列，与"大家庭"系列不同，这个系列更多的是探讨人与记忆的关系：一方面人要生存，另一方面又要想保持住某些东西。从2003年起他开始创作这个系列直到现在，中间经历了"里与外""绿墙"系列等。最近张晓刚又有了一些新的想法，但他告诉记者，这些想法目前还在酝酿，因此还不便于公开。

艺术是一个残酷的行业，在这个越来越浮躁的时代里，艺术家的成就跟他的历练成正比。作为一名艺术家，张晓刚认为，他把握的只有两条：一是艺术家与美术史的关系，这是纵向坐标；另一条则是自己在当代艺术中的价值，这是横向坐标。对艺术的追求如同一条由纵横坐标交叉点组成的弧线，在纵横坐标中不断寻找交叉点，艺术才会越来越有高度和深度。

投资与健康，都是财富

过去二十年，伴随着改革、开放与发展，中国演绎了房地产市场波澜壮阔的发展局面。上海这样的一线城市，房价更是一路上涨，尤其是一张白纸画出最好图画的浦东，房价上涨令人荡气回肠。

我刚到报社工作时，浦东一片百废待兴。报社周边依然有不少农田，周围的房子也就每平方米3000~4000元。后来，1998—2003年，上海推出了购房直接抵扣个税的优惠政策。那时，浦东的金融机构以及外资企业，工资比较高，很多人士都纷纷购置房产。

我却不尽然。或者说，一个人生活潇洒自在，也多少心不在焉。我的价值观，买房子不应该是女孩子操心的事情，再说，已经有房子了。身边的两位姐姐看在眼里，分别劝说。姐姐们真是优秀，她们对房地产投资的理解与长袖善舞，她们事业的成功与家庭的幸福，令我惊讶与赞叹，我逐渐开始改变"落后"的价值观念。

就这样动心了。于是，用"首付+贷款"的方式，完成了我的房子置换工程。这次经历，让我对股票之外的投资，有了更深刻的感知。渐渐地，我对投资房地产有了一点兴趣。随后，另一位在大型金融机构做高层管理人士的大姐，约我吃饭，给我分析她对房地产市场的看法，还亲自带我去看房子。

长期在媒体工作，收入不高，并没有实力购买更多房产，幸运的只是，没有错过上海早期房价不高时的购房机会而已。感谢的是，这份姐妹温情的温暖，始终萦绕着我的岁月人生。

再回首，多少往事随风飘散。唯有这些年，买房子，带给中国大多人的是惊喜与收获。

世界的投资界人士都把巴菲特奉为投资大师，在我身边，就有这样具有国际化视野与水平的投资人士。年复一年，她践行着价值投资理念，并且讲给我听。我经常想，姐姐水平远远超过海内外一大批基金经理。只是，我每次很感兴趣地听完，然后就风过耳，又去忙我的报社管理工作。

我也曾经认真看过投资大师巴菲特的传记，可是基本上看了一遍故事而已，没有刻骨铭心的感受与领悟。2008年国际金融危机爆发的那一年，雷曼倒闭了，我仅仅当作新闻来听。然后，花旗银行、富国银行、GE公司、汇丰银行等一大批世界知名公司的股票一落千丈，我也是当新闻来听，当成财经工作去做，没有更多感觉。自己没有投资，所以不承受煎熬，也不会想着在这个千载难逢的时机去买这些好公司的股票。

不过，我有幸感受了身边最尊敬姐姐的投资心路历程。如今回想起来，她是那么的坚强与自信，成功走出这次危机的影响，享受投资的乐趣，每天其乐融融。她得到了价值投资的眷顾，源于她对价值投资的深刻理解与坚守。这是投资与时光的馈赠。

最近，我经常在想，自己何德何能，竟然有如此卓越女性的悉心分享与点拨。世界上哪里能够免费得到这样的教导，这应该是投资理念的很高境界。尽管我没有很好地践行，有些辜负了这段好时光，但是这份深情，情深意长。

这些优秀的姐妹，带给我对健身的兴趣与坚持，也带给我对自己健康的关注与重视。这些年来，我在健身中心的姐妹中，是对健身最不上心也最不坚持的一位。每次过去晃一圈，跑步机上走步十分钟就喊累，然后就停下了，去洗洗我的长头发。

不过姐妹们不厌其烦，焕发着深深的感染力。为了鼓励我做瑜伽，早些年的时候，尊敬的姐姐尽管工作很忙，还记着带瑜伽碟片分享给我。几年过去了，姐姐们学习瑜伽已修成高手，我却因为怀孕生子，而暂停了瑜伽这份修行。儿子出生后，姐姐们开心的同时，又继续不厌其烦地给我分享练瑜伽的好处。

看着姐姐们优美的瑜伽造型，我又心动。于是，每天有时间，就在家里简单做做瑜伽和拉伸，竟然也坚持了一年多，身体开始柔韧与柔和。有趣的是，每次看到妈妈做瑜伽，一直上跆拳道训练的可爱小男生马上跑过来，也趴在垫子上，一起亲子瑜伽。于是，我们两个就嘻嘻哈哈地玩成了一团，亲子气氛乐融融。

随着岁月的流逝，年轻的资本逐渐飘散。姐妹们对健身的坚持，开始深深地

感染着我和打动着我。十几年下来，我亲眼看到了姐妹们长年如一日坚持健身的成果，健康、自信、美丽、优雅，由内向外焕发魅力与光彩。

乐观，向上，做优雅的女人

在跨国金融公司高层位置工作多年，退休后，便远离了陆家嘴的浮躁与喧嚣，回归佘山的自然怀抱中，每天沉浸于水墨画的学习与创作。两三年的光景，她的画作已经几次入选各大画展，让我们远远为她鼓掌与喝彩。

业余生活色彩斑斓。不仅坚持游泳、跑步、瑜伽，还积极参加金融业的白领合唱团多年。以埃菲尔铁塔为背景，姐姐瑜伽倒立凹造型的倩影，让好朋友们纷纷点赞。而摇曳的礼服与身姿中，响起优雅姐姐们的放声歌唱。

从台湾到上海工作的大姐，身为跨国金融机构的高管，待人平和真诚，经常呼朋唤友，约在家里做瑜伽。每次短暂碰面，还经常给我讲讲一些非常质朴的培养小朋友的道理。看似她不经意间流露的观点，其实背后都有着非常深厚的人生经验与良苦用心。

我非常要好的朋友，气质超群的上海女孩，我们相识相知多年。年轻时，一起开车出去玩，一起吃饭喝咖啡，一起出国旅游。她的英文很棒，个人投资和自己公司都做得很好。青春无敌，那时我们两个站在一起，清新靓丽，犹如一道美丽的风景。

我非常欣赏的一位好朋友，在我之前的好几年，就在中欧MBA学习，然后到了香港跨国金融公司工作。一个江南女孩子，却一直喜欢北京。后来，她从香港公司离职，在北京与朋友创立投资公司，投资股票与股权，非常成功。她的智慧与远见，让我发自内心地赞叹不已，我经常说她"上知天文，下知地理，无所不知"。对于时政、经济以及公益事业，我经常征询她的观点和看法。

我在事业如日中天之际，选择怀孕生子，有了可爱的儿子。他带给我无尽的欢乐与喜悦，也让我深深体验到作为妈妈的辛苦与付出。在努力平衡好事业与家庭的过程中，一直得到各位姐妹的鼓励与支持，经常聆听她们传授给我宝贵的人生经验。这份情义，可谓无价。

过了四十岁，愈发感受到女人之间的情谊，更为细腻和持久。我父母年纪大了，每每头疼脑热，中西医的几位姐妹专家，主动帮忙，开方子、开药，还负责快递到家。治病救人和救死扶伤的大爱与博爱精神，已经融入到医生姐妹们的血液里，包括我自己的堂姐，一位权威的儿科专家。每次在医院，都会看到和听到每位病人对她们所发出的盛赞，那份医德医术高贵的魅力，持久散发着芬芳。

人的一生，要经历许多。每一个人，其实，不是没有伤，也不是没有痛，姐妹们也是一样。但在人生一路的修行中，她们都渐渐学会了坚强，学会了放下，学会了包容。在梵音缭绕中，让心境平和，让美好永驻。这些优秀的姐妹们在各自的位置上或工作或修行，都非常出色。她们亭亭玉立，缓缓走来，构成一道最为优雅的风景。

岁月只是偶尔静好，人生依然充满烦恼。这一年，工作中遭遇不开心。曾经共事过的最好同事姐妹，每天给予我关心和鼓励。非常喜欢坐在她的办公室楼下，一起在星巴克喝咖啡，谈天说地，仿佛回到往昔的好时光。这份温暖，袅袅萦绕。

从呱呱落地，到现在已经五岁半，与快乐纯真的儿子一起成长，让我内心充满感恩。这个可爱帅气的小男生，每每让我以90后一样的心态面对生活，与他共同思考那些最原始最简单又充满哲理的人生问题，愈发感到人生如同返璞归真，回归到人之初性本善的美好。与他在一起，无论是手牵手到幼儿园，还是一起奔跑在草地上，整个人都焕发着平和与淡然，无比接地气。

云想衣裳花想容，春风拂槛露华浓。这一年我发现，始终心怀善与美，让内心丰盈而强大，人生愈发淡定从容。

正是一生中不断得到关爱，这些年，我发自内心，我愿意把自己的一份关爱，带给更多年轻的女生。希望可以分享与传承这份女人的大爱，无论是在工作上，还是在生活中。每个人都会遭遇人生之艰难，都会遇到困境，这个时候，无论是作为领导还是作为朋友，努力递上一份温暖，尽力帮一下，改变她的心境，改变她的处境，可能就改变了一个人的人生。不忘初心，乐此不疲。

人生走到了一定阶段，许多大事扑面而来，这时，女人一定要有一些女性知心朋友，互相鼓励，相互支持，彼此分享与分忧，让生命的花儿持久绽放。

女孩儿，女生，女士。作为女人，生活的改变和生命的蜕变，带给我们的应该是对生活的更加热爱，心态与心境的更加从容。明媚着，便是快乐，快乐着，便是美好。

人生总是有不可知与变幻。大学时，与最好的朋友，最喜阅读和背诵席慕蓉的散文。随后各自纷飞，转眼二十余年，她早已生活在纽约，就职于美国哥伦比亚大学化学实验室，她家帅哥儿子也考入哥大。而我，在财经领域走过春秋与冬夏，一面感慨资本市场的风风雨雨，一面欣赏着知名女作家严歌苓的创作一生。

乐观、向上，追求真善美。人生一路走来，祝愿所有姐妹们，一路修行，不断前行，始终洋溢和散发着女性的知性与优雅。

附 录

董秘，公司治理的践行者

　　董事会秘书，一个伴随着资本市场发展、茁壮成长起来的群体。

　　由诞生之初的弱小，不被重视，到逐步成为资本市场重要的中坚力量。董秘群体，走过了资本市场的风风雨雨。

　　随着资本市场对公司治理的不断完善和提升，目前，董秘已经成为值得社会尊重的职业群体。近年来，不少董秘因为拥有上市公司股权，身价不菲。

　　资本市场风高浪急。这么多年，市场也不断淘汰着那些不合格的董秘。不少董秘因违规受到处罚，成为市场禁入者或不见了踪影。

　　相看两不厌，只有敬亭山。资本市场的规范发展，对上市公司董秘不断提出更高的要求。优秀的上市公司董秘，需要精通上市公司运作的相关法律法规，勤勉诚信、专业智慧地履行职责，担负着规范和透明信息披露的工作。作为公司治理的践行者，优秀董秘努力在投资者与上市公司之间搭建良性互动的交流平台，为公司营造良好的发展环境，助推企业树立有高度社会责任感的优秀上市公司形象。这些为良好的公司治理所倡导。

　　自2006年起，我们团队组织策划并隆重推出"中国上市公司优秀董秘"的评选活动，旨在表彰这些工作在全国各地、活跃在各行各业上市公司中的专业人士。评选赢得广泛关注与赞誉。

　　如今，面对这一份份榜单，一时间，又回到那坐看百舸争流的往昔岁月。

2011年度"金治理上市公司优秀董秘奖"榜单

（2012年1月13日发布）

2011年度"金治理信息披露公司董秘奖"

序号	证券代码	证券简称	董秘姓名
1	600056	中国医药	齐建西
2	600097	开创国际	汪　涛
3	600156	华升股份	朱小明
4	600328	兰太实业	李　晶
5	600519	贵州茅台	樊宁屏
6	600543	莫高股份	贾洪文
7	600640	中卫国脉	李培忠
8	600653	申华控股	翟　锋
9	600660	福耀玻璃	陈跃丹
10	600664	哈药股份	孟晓东
11	600680	上海普天	陆贤藏
12	600688	上海石化	张经明
13	600778	友好集团	王建平
14	600783	鲁信创投	颜卫国
15	600787	中储股份	薛　斌
16	600867	通化东宝	王君业
17	601003	柳钢股份	班俊超
18	601018	宁波港	蒋　伟
19	601118	海南橡胶	董敬军
20	601288	农业银行	李振江
21	601299	中国北车	谢纪龙
22	601398	工商银行	胡　浩
23	601628	中国人寿	刘英齐

续表

序号	证券代码	证券简称	董秘姓名
24	601777	力帆股份	汤晓东
25	601939	建设银行	陈彩虹
26	900935	阳晨股份	仲　辉
27	000875	吉电股份	宋新阳
28	000890	法尔胜	张文栋
29	002297	博云新材	郭超贤
30	002411	九九久	陈　兵
31	002422	科伦药业	熊　鹰
32	002425	凯撒股份	冯育升
33	002466	天齐锂业	李　波
34	002479	富春环保	张　杰
35	002538	司尔特	吴　勇
36	002587	奥拓电子	李　军
37	002603	以岭药业	吴　瑞
38	300082	奥克股份	徐　丹
39	300128	锦富新材	葛卫东
40	300218	安利股份	吴双喜

2011 年度"金治理资本创新公司董秘奖"

序号	证券代码	证券简称	董秘姓名
1	600017	日照港	佘慧芳
2	600018	上港集团	姜海涛
3	600050	中国联通	张保英
4	600057	象屿股份	吕　东
5	600143	金发科技	宁红涛
6	600188	兖州煤业	张宝才
7	600292	九龙电力	黄青华
8	600332	广州药业	庞健辉

续表

序号	证券代码	证券简称	董秘姓名
9	600410	华胜天成	邱鲁闽
10	600461	洪城水业	康乐平
11	600498	烽火通信	戈 俊
12	600595	中孚实业	姚国良
13	600597	光明乳业	朱建毅
14	600654	飞乐股份	刘仁仁
15	600690	青岛海尔	明国珍
16	600724	宁波富达	赵立明
17	600770	综艺股份	顾政巍
18	600850	华东电脑	吴志明
19	600873	梅花集团	杨慧兴
20	600998	九州通	林新扬
21	601188	龙江交通	戴 琦
22	601199	江南水务	朱 杰
23	601607	上海医药	韩 敏
24	601633	长城汽车	徐 辉
25	601678	滨化股份	于 江
26	601880	大连港	朱宏波
27	601989	中国重工	郭同军
28	000415	渤海租赁	马伟华
29	000568	泸州老窖	曾 颖
30	000683	远兴能源	纪玉虎
31	000776	广发证券	罗斌华
32	000799	酒鬼酒	张儒平
33	002122	天马股份	马全法
34	002130	沃尔核材	王占君
35	002212	南洋股份	曾 理
36	002389	南洋科技	杜志喜

续表

序号	证券代码	证券简称	董秘姓名
37	002435	长江润发	卢　斌
38	002489	浙江永强	沈文萍
39	002556	辉隆股份	邓顶亮
40	300119	瑞普生物	张　凯

2011 年度"金治理持续回报公司董秘奖"

序号	证券代码	证券简称	董秘姓名
1	600085	同仁堂	贾泽涛
2	600096	云天化	冯　驰
3	600123	兰花科创	王立印
4	600153	建发股份	林　茂
5	600158	中体产业	王戊一
6	600261	阳光照明	吴青谊
7	600276	恒瑞医药	戴洪斌
8	600303	曙光股份	那　涛
9	600309	烟台万华	寇光武
10	600327	大东方	陈　辉
11	600377	宁沪高速	姚永嘉
12	600426	华鲁恒升	董　岩
13	600428	中远航运	薛俊东
14	600508	上海能源	咸后勤
15	600535	天士力	刘俊峰
16	600559	老白干酒	刘　勇
17	600841	上柴股份	汪宏彬
18	600875	东方电气	龚　丹
19	601666	平煤股份	黄爱军
20	900948	伊煤股份	菅青娥
21	000157	中联重科	申　柯

续表

序号	证券代码	证券简称	董秘姓名
22	000516	开元投资	刘建锁
23	000538	云南白药	吴 伟
24	000659	珠海中富	陈立上
25	000792	盐湖股份	吴文好
26	002085	万丰奥威	徐晓芳
27	002154	报喜鸟	方小波
28	002232	启明信息	吴铁山
29	002277	阿波罗	陈学文
30	002283	天润曲轴	徐承飞
31	002299	圣农发展	陈剑华
32	002324	普利特	林义擎
33	002325	洪涛股份	李庆平
34	002344	海宁皮城	李宗荣
35	002353	杰瑞股份	程永峰
36	002410	广联达	张奎江
37	300001	特锐德	刘甲坤
38	300012	华测检测	陈 砚
39	300059	东方财富	陆 威
40	300133	华策影视	金 骞

2011年度"金治理社会责任公司董秘奖"

序号	证券代码	证券简称	董秘姓名
1	600021	上海电力	夏梅兴
2	600029	南方航空	谢 兵
3	600170	上海建工	尤卫平
4	600216	浙江医药	俞祝军
5	600256	广汇股份	王玉琴
6	600354	敦煌种业	张绍平

续表

序号	证券代码	证券简称	董秘姓名
7	600366	宁波韵升	傅健杰
8	600376	首开股份	王　怡
9	600481	双良节能	王晓松
10	600522	中天科技	杨栋云
11	600547	山东黄金	林朴芳
12	600550	天威保变	张继承
13	600551	时代出版	刘　红
14	600665	天地源	刘　宇
15	600780	通宝能源	梁丽星
16	600809	山西汾酒	刘卫华
17	600820	隧道股份	田　军
18	600836	界龙实业	楼福良
19	600839	四川长虹	谭明献
20	600858	银座股份	张美清
21	600884	杉杉股份	钱　程
22	600893	航空动力	赵　岳
23	600976	武汉健民	杜明德
24	600978	宜华木业	刘伟宏
25	601002	晋亿实业	涂志清
26	601688	华泰证券	姜　健
27	601717	郑煤机	鲍雪良
28	601890	亚星锚链	吴汉岐
29	000016	深康佳	肖　庆
30	000024	招商地产	刘　宁
31	000785	武汉中商	易国华
32	000918	嘉凯城	李怀彬
33	000930	中粮生化	王德文
34	002332	仙琚制药	张　南

续表

序号	证券代码	证券简称	董秘姓名
35	002413	常发股份	刘训雨
36	002515	金字火腿	王蔚婷
37	300068	南都电源	王莹娇
38	300122	智飞生物	余 农
39	300135	宝利沥青	陈永勤
40	300144	宋城股份	董 昕

2011 年度"金治理投资者关系公司董秘奖"

序号	证券代码	证券简称	董秘姓名
1	600016	民生银行	毛晓峰
2	600111	包钢稀土	张日辉
3	600121	郑州煤电	付胜龙
4	600213	亚星客车	刘竹金
5	600236	桂冠电力	张 云
6	600290	华仪电气	张传羣
7	600321	国栋建设	曾 莉
8	600361	华联综超	李翠芳
9	600507	方大特钢	田小龙
10	600633	浙报传媒	李 庆
11	600674	川投能源	谢洪先
12	600723	首商股份	王 健
13	600739	辽宁成大	于占洋
14	600807	天业股份	蒋 涛
15	601008	连云港	沙晓春
16	601558	华锐风电	方红松
17	601988	中国银行	张秉训
18	601998	中信银行	林争跃
19	000100	TCL 集团	屠树毅

续表

序号	证券代码	证券简称	董秘姓名
20	000527	美的电器	李飞德
21	000559	万向钱潮	许小建
22	000815	美利纸业	邵进华
23	000837	秦川发展	谭　明
24	000901	航天科技	王玉伟
25	000939	凯迪电力	陈　玲
26	002050	三花股份	刘　斐
27	002086	东方海洋	于德海
28	002115	三维通信	王　萍
29	002156	通富微电	王宏宇
30	002181	粤传媒	胡远芳
31	002307	北新路桥	朱胜军
32	002396	星网锐捷	沐昌茵
33	002430	杭氧股份	汪加林
34	002482	广田股份	王宏坤
35	002578	闽发铝业	傅孙明
36	300090	盛运股份	刘玉斌
37	300148	天舟文化	喻宇汉
38	300161	华中数控	伍　衡
39	300171	东富龙	熊君芳
40	300189	神农大丰	欧秋生

2012年度"金治理上市公司优秀董秘奖"榜单

（2013年2月21日发布）

2012 年度"金治理信息披露公司董秘奖"

序号	证券代码	证券简称	董秘姓名
1	600068	葛洲坝	彭立权
2	600073	上海梅林	虞晓芳
3	600116	三峡水利	陈丽娟
4	600007	中国国贸	王京京
5	600329	中新药业	焦 艳
6	600343	航天动力	崔积堂
7	600356	恒丰纸业	张宝利
8	600496	精工钢构	沈月华
9	600501	航天晨光	陆卫杰
10	600516	方大炭素	安 民
11	600602	仪电电子	赵开兰
12	600641	万业企业	吴云韶
13	600759	正和股份	黄 勇
14	600825	新华传媒	王左国
15	600111	包钢稀土	张日辉
16	600981	汇鸿股份	晋永甫
17	601288	农业银行	李振江
18	601390	中国中铁	于腾群
19	601398	工商银行	胡 浩
20	601666	平煤股份	黄爱军
21	601766	中国南车	邵仁强
22	601800	中国交建	刘文生

续表

序号	证券代码	证券简称	董秘姓名
23	601801	皖新传媒	穆　耀
24	601933	永辉超市	张经仪
25	601939	建设银行	陈彩虹
26	600814	杭州解百	诸雪强
27	900935	阳晨 B 股	仲　辉
28	000066	长城电脑	郭　镇
29	000401	冀东水泥	韩保平
30	000429	粤高速	左　江
31	000679	大连友谊	孙锡娟
32	600029	南方航空	谢　兵
33	000723	美锦能源	朱庆华
34	000906	物产中拓	潘　洁
35	000978	桂林旅游	黄锡军
36	002086	东方海洋	于德海
37	002231	奥维通信	胡　颖
38	002276	万马电缆	王向亭
39	002333	罗普斯金	施　健
40	002435	长江润发	卢　斌
41	002456	欧菲光	胡菁华
42	002458	益生股份	卢　强
43	002499	科林环保	徐天平
44	002501	利源铝业	张莹莹
45	002531	天顺风能	郑康生
46	002514	宝馨科技	章海祥
47	002117	东港股份	齐利国
48	300056	三维丝	王荣聪
49	300148	天舟文化	喻宇汉

序号	证券代码	证券简称	董秘姓名
50	300163	先锋新材	郭 剑

2012 年度"金治理资本创新公司董秘奖"

序号	证券代码	证券简称	董秘姓名
1	600036	招商银行	兰 奇
2	600038	哈飞股份	顾韶辉
3	600096	云天化	冯 驰
4	600801	华新水泥	王锡明
5	600149	廊坊发展	王云凌
6	600153	建发股份	林 茂
7	600156	华升股份	朱小明
8	600198	大唐电信	齐秀彬
9	000597	东北制药	吕林全
10	600363	联创光电	黄倬桢
11	600382	广东明珠	钟健如
12	600530	交大昂立	娄健颖
13	600615	丰华股份	苏宏金
14	600689	上海三毛	沈 磊
15	600557	康缘药业	程 凡
16	600699	均胜电子	叶树平
17	600704	物产中大	祝卸和
18	600757	长江传媒	万 智
19	600805	悦达投资	王佩萍
20	600827	友谊股份	董小春
21	600884	杉杉股份	钱 程
22	601717	郑煤机	鲍雪良
23	000069	华侨城	倪 征

序号	证券代码	证券简称	董秘姓名
24	000415	渤海租赁	马伟华
25	000636	风华高科	陈绪运
26	000979	中弘股份	金　洁
27	000780	平庄能源	张建中
28	000507	珠海港	薛　楠
29	002005	德豪润达	邓　飞
30	002009	天奇股份	费新毅
31	002014	永新股份	方　洲
32	002364	中恒电气	陈志云
33	002340	格林美	牟　健
34	002363	隆基机械	刘　建
35	002382	蓝帆股份	韩邦友
36	002394	联发股份	王一欣
37	002433	太安堂	陈小卫
38	600522	中天科技	杨栋云
39	002466	天齐锂业	李　波
40	300001	特锐德	刘甲坤

2012 年度"金治理持续回报公司董秘奖"

序号	证券代码	证券简称	董秘姓名
1	600004	白云机场	徐光玉
2	600005	武钢股份	万　毅
3	600030	中信证券	郑　京
4	600098	广州发展	张雪球
5	600157	永泰能源	王　军
6	600177	雅戈尔	刘新宇
7	600188	兖州煤业	张宝才

续表

序号	证券代码	证券简称	董秘姓名
8	600283	钱江水利	吴天石
9	600323	南海发展	黄春然
10	600828	成商集团	郑　怡
11	600415	小商品城	鲍江钱
12	600519	贵州茅台	樊宁屏
13	600531	豫光金铅	蔡　亮
14	600535	天士力	刘俊峰
15	600548	深高速	吴　倩
16	600549	厦门钨业	许火耀
17	002478	常宝股份	赵　旦
18	600596	新安股份	姜永平
19	600616	金枫酒业	张黎云
20	600623	双钱股份	王　玲
21	600650	锦江投资	濮荣平
22	600662	强生控股	虞慧彬
23	600824	益民集团	邵振耀
24	600835	上海机电	司文培
25	600875	东方电气	龚　丹
26	600987	航民股份	李军晓
27	601088	中国神华	黄　清
28	601158	重庆水务	邱贤成
29	601369	陕鼓动力	蔡元明
30	601633	长城汽车	徐　辉
31	601788	光大证券	梅　键
32	900948	伊泰煤炭	廉　涛
33	000538	云南白药	吴　伟
34	000651	格力电器	望靖东
35	000888	峨眉山	张华仙

续表

序号	证券代码	证券简称	董秘姓名
36	000917	电广传媒	廖朝晖
37	002242	九阳股份	姜广勇
38	002281	光迅科技	毛　浩
39	002372	伟星新材	谭　梅
40	002427	尤夫股份	陈　彦
41	002376	新北洋	宋　森
42	002378	章源钨业	刘　佶
43	002381	双箭股份	陈柏松
44	002493	荣盛石化	全卫英
45	002508	老板电器	王　刚
46	002522	浙江众成	吴　军
47	002317	众生药业	周雪莉
48	002154	报喜鸟	方小波
49	300043	星辉车模	陈　烽
50	300113	顺网科技	徐　钧

2012 年度"金治理社会责任公司董秘奖"

序号	证券代码	证券简称	董秘姓名
1	600166	福田汽车	龚　敏
2	600039	四川路桥	曹　川
3	600055	华润万东	张丹石
4	600173	卧龙地产	马亚军
5	600223	鲁商置业	李　璐
6	600248	延长化建	赵永宏
7	600317	营口港	周志旭
8	600326	西藏天路	王启云
9	600327	大东方	陈　辉
10	600507	方大特钢	田小龙

序号	证券代码	证券简称	董秘姓名
11	601007	金陵饭店	张胜新
12	600400	红豆股份	孟晓平
13	600197	伊力特	君 洁
14	600528	中铁二局	邓爱民
15	600589	广东榕泰	徐罗旭
16	600743	华远地产	窦志康
17	600755	厦门国贸	陈晓华
18	600787	中储股份	薛 斌
19	600823	世茂股份	罗瑞华
20	600829	三精制药	林本松
21	600832	东方明珠	胡 湧
22	600834	申通地铁	孙 安
23	600499	科达机电	曾 飞
24	600999	招商证券	郭 健
25	601992	金隅股份	吴向勇
26	600238	海南椰岛	李 勇
27	000559	万向钱潮	许小建
28	000725	京东方	冯莉琼
29	002104	恒宝股份	张建明
30	002001	新和成	石观群
31	002277	友阿股份	陈学文
32	002327	富安娜	胡振超
33	002329	皇氏乳业	何海晏
34	002360	同德化工	郇庆文
35	002470	金正大	崔 彬
36	002477	雏鹰农牧	吴易得
37	002491	通鼎光电	贺忠良
38	002507	涪陵榨菜	黄正坤

序号	证券代码	证券简称	董秘姓名
39	300015	爱尔眼科	韩　忠
40	300105	龙源技术	郝欣冬

2012 年度"金治理投资者关系公司董秘奖"

序号	证券代码	证券简称	董秘姓名
1	600028	中国石化	黄文生
2	600016	民生银行	万青元
3	600057	象屿股份	吕　东
4	600063	皖维高新	吴尚义
5	600066	宇通客车	于　莉
6	600115	东方航空	汪　健
7	600126	杭钢股份	周尧福
8	600141	兴发集团	孙卫东
9	600176	中国玻纤	陶　铮
10	600199	金种子酒	金　彪
11	600309	烟台万华	寇光武
12	600325	华发股份	侯贵明
13	600635	大众公用	梁嘉玮
14	600674	川投能源	谢洪先
15	600694	大商股份	孟　浩
16	600697	欧亚集团	席汝珍
17	600712	南宁百货	周宁星
18	600720	祁连山	罗鸿基
19	600740	山西焦化	李　峰
20	600775	南京熊猫	沈见龙
21	600482	风帆股份	张亚光
22	600863	内蒙华电	张　彤
23	600880	博瑞传播	张跃铭

序号	证券代码	证券简称	董秘姓名
24	000623	吉林敖东	陈永丰
25	601377	兴业证券	杜建新
26	601818	光大银行	卢 鸿
27	600629	棱光实业	李恒广
28	000006	深振业A	彭庆伟
29	000548	湖南投资	马 宁
30	000562	宏源证券	阳昌云
31	000656	金科股份	刘忠海
32	000687	保定天鹅	李 斌
33	000830	鲁西化工	蔡英强
34	000926	福星股份	冯东兴
35	000982	中银绒业	陈晓非
36	002030	达安基因	张 斌
37	002115	三维通信	王萍
38	002299	圣农发展	陈剑华
39	002302	西部建设	林 彬
40	002326	永太科技	关 辉
41	002426	胜利精密	包燕青
42	002444	巨星科技	何天乐
43	002452	长高集团	马 晓
44	002454	松芝股份	刘学亮
45	002455	百川股份	陈慧敏
46	002482	广田股份	王宏坤
47	002513	蓝丰生化	陈 康
48	002524	光正钢构	姜 勇
49	300013	新宁物流	张 瑜
50	300017	网宿科技	周丽萍

2013年度"金治理上市公司优秀董秘奖"榜单

（2014年2月21日发布）

2013 年度"金治理信息披露公司董秘奖"

序号	证券代码	证券简称	董秘姓名
1	600022	山东钢铁	金立山
2	600029	南方航空	谢 兵
3	600030	中信证券	郑 京
4	600156	华升股份	朱小明
5	600166	福田汽车	龚 敏
6	600187	国中水务	刘玉萍
7	600237	铜峰电子	徐文焕
8	600240	华业地产	赵双燕
9	600318	巢东股份	谢 旻
10	600335	国机汽车	谈正国
11	600377	宁沪高速	姚永嘉
12	600389	江山股份	宋金华
13	600452	涪陵电力	蔡 彬
14	600516	方大炭素	安 民
15	600611	大众交通	赵思渊
16	600655	豫园商城	蒋 伟
17	600676	交运股份	蒋玮芳
18	600712	南宁百货	周宁星
19	600802	福建水泥	蔡宣能
20	600807	天业股份	蒋 涛
21	600856	长百集团	孙永成
22	600880	博瑞传播	张跃铭

续表

序号	证券代码	证券简称	董秘姓名
23	600975	新五丰	罗雁飞
24	601058	赛轮股份	宋　军
25	601098	中南传媒	高　军
26	601222	林洋电子	虞海娟
27	601398	工商银行	胡　浩
28	601717	郑煤机	鲍雪良
29	601789	宁波建工	李长春
30	601818	光大银行	卢　鸿
31	601880	大连港	桂玉婵
32	000538	云南白药	吴　伟
33	000692	惠天热电	马晓荣
34	000762	西藏矿业	王迎春
35	000901	航天科技	王玉伟
36	000938	紫光股份	张　蔚
37	002188	新嘉联	赵　斌
38	002194	武汉凡谷	汪　青
39	002212	南洋股份	曾　理
40	002301	齐心文具	沈焰雷
41	002342	巨力索具	白雪飞
42	002495	佳隆股份	甘宏民
43	002500	山西证券	王怡里
44	002532	新界泵业	严先发
45	002594	比亚迪	吴经胜
46	002596	海南瑞泽	于清池
47	300096	易联众	李虹海
48	300106	西部牧业	梁　雷
49	300249	依米康	周淑兰

序号	证券代码	证券简称	董秘姓名
50	300274	阳光电源	谢乐平

2013 年度"金治理资本创新公司董秘奖"

序号	证券代码	证券简称	董秘姓名
1	600023	东电 B	朱玮明
2	600039	四川路桥	曹　川
3	600096	云天化	冯　驰
4	600100	同方股份	孙　岷
5	600153	建发股份	林　茂
6	600284	浦东建设	颜立群
7	600337	美克股份	黄　新
8	600373	中文传媒	吴　涤
9	600448	华纺股份	陈宝军
10	600567	山鹰纸业	孙红莉
11	600687	刚泰控股	张　秦
12	600704	物产中大	祝卸和
13	600728	佳都科技	刘　颖
14	600745	中茵股份	吴年有
15	600798	宁波海运	黄敏辉
16	600819	耀皮玻璃	金闽丽
17	600837	海通证券	金晓斌
18	600843	上工申贝	张建国
19	600893	航空动力	赵　岳
20	600967	北方创业	程天罡
21	601018	宁波港	蒋　伟
22	601608	中信重工	梁　慧
23	601989	中国重工	郭同军

续表

序号	证券代码	证券简称	董秘姓名
24	000426	兴业矿业	孙 凯
25	000636	风华高科	陈绪运
26	000918	嘉凯城	李怀彬
27	002008	大族激光	杜永刚
28	002092	中泰化学	范雪峰
29	002312	三泰电子	贾 勇
30	002555	顺荣股份	张 云
31	002564	张化机	高玉标
32	002584	西陇化工	邬军晖
33	002585	双星新材	吴 迪
34	002617	露笑科技	蔡 申
35	002689	博林特	胡志勇
36	300006	莱美药业	冷雪峰
37	300054	鼎龙股份	伍 得
38	300124	汇川技术	宋君恩
39	300175	朗源股份	张丽娜
40	300254	仟源制药	俞俊贤

2013年度"金治理持续回报公司董秘奖"

序号	证券代码	证券简称	董秘姓名
1	600177	雅戈尔	刘新宇
2	600280	中央商场	陈新生
3	600406	国电南瑞	方飞龙
4	600435	北方导航	赵 晗
5	600436	片仔癀	林绍碧
6	600481	双良节能	王晓松
7	600519	贵州茅台	樊宁屏
8	600578	京能电力	樊俊杰

续表

序号	证券代码	证券简称	董秘姓名
9	600606	金丰投资	包永镭
10	600668	尖峰集团	朱坚卫
11	600675	中华企业	印学青
12	601009	南京银行	汤哲新
13	601311	骆驼股份	王从强
14	601518	吉林高速	张向东
15	601601	中国太保	方　林
16	601700	风范股份	陈良东
17	000488	晨鸣纸业	王春方
18	000531	穗恒运	张　晖
19	000783	长江证券	徐锦文
20	000895	双汇发展	祁勇耀
21	000900	现代投资	马玉国
22	002048	宁波华翔	杜坤勇
23	002146	荣盛发展	陈金海
24	002215	诺普信	王时豪
25	002242	九阳股份	姜广勇
26	002266	浙富控股	房振武
27	002267	陕天然气	梁　倩
28	002294	信立泰	杨健锋
29	002309	中利科技	胡常青
30	002496	辉丰股份	贲银良
31	002540	亚太科技	罗功武
32	002550	千红制药	蒋文群
33	002577	雷柏科技	谢海波
34	002591	恒大高新	唐明荣
35	002597	金禾实业	仰宗勇
36	002646	青青稞酒	王兆三

续表

序号	证券代码	证券简称	董秘姓名
37	002671	龙泉股份	张　宇
38	300017	网宿科技	周丽萍
39	300018	中元华电	陈志兵
40	300027	华谊兄弟	胡　明
41	300039	上海凯宝	穆竞伟
42	300053	欧比特	颜志宇
43	300157	恒泰艾普	杨建全
44	300163	先锋新材	郭　剑
45	300183	东软载波	王　辉
46	300199	翰宇药业	全　衡
47	300230	永利带业	恽黎明
48	300251	光线传媒	王　牮
49	300270	中威电子	章良忠
50	300308	中际装备	邓扬锋

2013 年度"金治理社会责任公司董秘奖"

序号	证券代码	证券简称	董秘姓名
1	600020	中原高速	许　亮
2	600062	华润双鹤	范彦喜
3	600168	武汉控股	李　丹
4	600233	大杨创世	胡冬梅
5	600279	重庆港九	张　强
6	600456	宝钛股份	郑海山
7	600461	洪城水业	康乐平
8	600526	菲达环保	周明良
9	600535	天士力	刘俊峰
10	600637	百视通	张　建
11	600673	东阳光铝	陈铁生

续表

序号	证券代码	证券简称	董秘姓名
12	600755	厦门国贸	陈晓华
13	600794	保税科技	邓永清
14	600829	三精制药	林本松
15	600839	四川长虹	谭明献
16	600979	广安爱众	何　非
17	601166	兴业银行	唐　斌
18	601186	中国铁建	余兴喜
19	601877	正泰电器	王国荣
20	603366	日出东方	刘　伟
21	000027	深圳能源	秦　飞
22	000061	农产品	刘雄佳
23	000088	盐田港	冯　强
24	000725	京东方	刘洪峰
25	000937	冀中能源	陈立军
26	002024	苏宁云商	任　峻
27	002131	利欧股份	张旭波
28	002275	桂林三金	邹　洵
29	002450	康得新	钟　凯
30	002482	广田股份	王宏坤
31	002534	杭锅股份	陈　华
32	002543	万和电气	卢宇阳
33	002562	兄弟科技	钱柳华
34	002588	史丹利	胡照顺
35	002632	道明光学	尤敏卫
36	002637	赞宇科技	任国晓
37	300187	永清环保	熊素勤
38	300214	日科化学	刘安成
39	300257	开山股份	杨建军

续表

序号	证券代码	证券简称	董秘姓名
40	300266	兴源过滤	徐孝雅

2013 年度"金治理投资者关系公司董秘奖"

序号	证券代码	证券简称	董秘姓名
1	600009	上海机场	黄 晔
2	600016	民生银行	万青元
3	600094	大名城	张燕琦
4	600110	中科英华	袁 梅
5	600151	航天机电	王慧莉
6	600165	新日恒力	赵丽莉
7	600200	江苏吴中	朱菊芳
8	600206	有研硅股	赵春雷
9	600221	海南航空	黄琪珺
10	600260	凯乐科技	陈 杰
11	600310	桂东电力	陆培军
12	600353	旭光股份	刘卫东
13	600495	晋西车轴	周海红
14	600559	老白干酒	刘 勇
15	600583	海油工程	刘连举
16	600593	大连圣亚	丁 霞
17	600600	青岛啤酒	张瑞祥
18	600674	川投能源	谢洪先
19	600688	上海石化	张经明
20	600692	亚通股份	蔡福生
21	600716	凤凰股份	毕 胜
22	600754	锦江股份	胡 暋
23	600875	东方电气	龚 丹

续表

序号	证券代码	证券简称	董秘姓名
24	601038	一拖股份	于丽娜
25	601336	新华保险	朱　迎
26	601669	中国电建	王志平
27	601928	凤凰传媒	徐云祥
28	000002	万科 A	谭华杰
29	000548	湖南投资	马　宁
30	000625	长安汽车	崔云江
31	002005	德豪润达	邓　飞
32	002086	东方海洋	于德海
33	002177	御银股份	谭　骅
34	002277	友阿股份	陈学文
35	002303	美盈森	黄　琳
36	002526	山东矿机	王泽钢
37	002557	洽洽食品	李振武
38	002559	亚威股份	谢彦森
39	002607	亚夏汽车	李　林
40	002614	蒙发利	李巧巧
41	002644	佛慈制药	孙　裕
42	300020	银江股份	吴　越
43	300104	乐视网	张　特
44	300152	燃控科技	单庆廷
45	300155	安居宝	黄伟宁
46	300159	新研股份	王建军
47	300177	中海达	何金成
48	300192	科斯伍德	张　峰
49	300239	东宝生物	刘　芳
50	300261	雅本化学	王卓颖

2014年度"金治理上市公司优秀董秘奖"榜单

（2014年12月29日发布）

2014 年度"金治理信息披露公司董秘奖"

序号	证券代码	证券简称	董秘姓名
1	600005	武钢股份	万　毅
2	600016	民生银行	万青元
3	600149	廊坊发展	曹　玫
4	600156	华升股份	朱小明
5	600195	中牧股份	张菁桦
6	600289	亿阳信通	方　圆
7	600335	国机汽车	谈正国
8	600360	华微电子	王晓林
9	600446	金证股份	王　凯
10	600449	宁夏建材	武　雄
11	600706	曲江文旅	高　艳
12	600718	东软集团	王　楠
13	600784	鲁银投资	孙　凯
14	600844	丹化科技	沈雅芸
15	600889	南京化纤	陈　波
16	600990	四创电子	刘永跃
17	601179	中国西电	田喜民
18	601208	东材科技	周　乔
19	601231	环旭电子	刘丹阳
20	601390	中国中铁	于腾群
21	601398	工商银行	胡　浩
22	601588	北辰实业	郭　川

续表

序号	证券代码	证券简称	董秘姓名
23	601628	中国人寿	郑　勇
24	601677	明泰铝业	雷　鹏
25	000582	北部湾港	何典治
26	000596	古井贡酒	叶长青
27	000723	美锦能源	朱庆华
28	000793	华闻传媒	金　日
29	000882	华联股份	周剑军
30	002034	美欣达	刘昭和
31	002086	东方海洋	于德海
32	002277	友阿股份	陈学文
33	002289	宇顺电子	凌友娣
34	002501	利源精制	张莹莹
35	002578	闽发铝业	傅孙明
36	002677	浙江美大	夏　兰
37	300019	硅宝科技	曹振海
38	300297	蓝盾股份	李德桂
39	300304	云意电气	李成忠
40	300355	蒙草抗旱	尹松涛

2014 年度"金治理资本创新公司董秘奖"

序号	证券代码	证券简称	董秘姓名
1	600070	浙江富润	卢伯军
2	600093	禾嘉股份	徐德智
3	600157	永泰能源	王　军
4	600203	福日电子	许政声
5	600350	山东高速	王云泉
6	600645	中源协和	夏　亮

序号	证券代码	证券简称	董秘姓名
7	600648	外高桥	黄　磷
8	600690	青岛海尔	明国珍
9	600705	中航资本	王晓峰
10	600711	盛屯矿业	江　艳
11	600750	江中药业	吴伯帆
12	600820	隧道股份	田　军
13	600850	华东电脑	侯志平
14	600866	星湖科技	钟济祥
15	601988	中国银行	范耀胜
16	603008	喜临门	杨　刚
17	603077	和邦股份	莫　融
18	603993	洛阳钼业	张新晖
19	000409	山东地矿	李永刚
20	000425	徐工机械	费广胜
21	000514	渝开发	谢勇彬
22	000725	京东方A	刘洪峰
23	000748	长城信息	王习发
24	000762	西藏矿业	王迎春
25	000852	江钻股份	王一兵
26	002130	沃尔核材	王占君
27	002252	上海莱士	刘　峥
28	002298	鑫龙电器	汪　宇
29	002500	山西证券	王怡里
30	002592	八菱科技	黄生田
31	002657	中科金财	贺　岩
32	300006	莱美药业	冷雪峰
33	300098	高新兴	黄海潮
34	300160	秀强股份	张首先

续表

序号	证券代码	证券简称	董秘姓名
35	300184	力源信息	王晓东
36	300185	通裕重工	石爱军
37	300242	明家科技	陈涵涵
38	300290	荣科科技	冯　丽
39	300313	天山生物	何　敏
40	300317	珈伟股份	彭钦文

2014 年度"金治理持续回报公司董秘奖"

序号	证券代码	证券简称	董秘姓名
1	600085	同仁堂	贾泽涛
2	600369	西南证券	徐鸣镝
3	600459	贵研铂业	郭俊梅
4	600481	双良节能	王晓松
5	600519	贵州茅台	樊宁屏
6	600558	大西洋	唐　敏
7	600570	恒生电子	童晨晖
8	600572	康恩贝	杨俊德
9	600650	锦江投资	濮荣平
10	600845	宝信软件	陈　健
11	600887	伊利股份	胡利平
12	600983	合肥三洋	方　斌
13	600993	马应龙	夏友章
14	601009	南京银行	汤哲新
15	603366	日出东方	刘　伟
16	000061	农产品	刘雄佳
17	000157	中联重科	申　柯
18	000538	云南白药	吴　伟
19	000651	格力电器	望靖东

续表

序号	证券代码	证券简称	董秘姓名
20	000726	鲁泰A	秦桂玲
21	000739	普洛药业	葛向全
22	000826	桑德环境	马勒思
23	000895	双汇发展	祁勇耀
24	002325	洪涛股份	李庆平
25	002374	丽鹏股份	李海霞
26	002550	千红制药	蒋文群
27	002572	索菲亚	潘雯姗
28	002646	青青稞酒	王兆三
29	002700	新疆浩源	吐尔洪·艾麦尔
30	300008	上海佳豪	马 锐
31	300024	机器人	赵立国
32	300037	新宙邦	梁 作
33	300059	东方财富	陆 威
34	300095	华伍股份	陈凤菊
35	300188	美亚柏科	王 斌
36	300272	开能环保	高国垒
37	300281	金明精机	邱海涛
38	300324	旋极信息	黄海涛
39	300329	海伦钢琴	石定靖
40	300356	光一科技	蒋 悦

2014年度"金治理社会责任公司董秘奖"

序号	证券代码	证券简称	董秘姓名
1	600019	宝钢股份	朱可炳
2	600020	中原高速	许 亮
3	600048	保利地产	黄 海
4	600160	巨化股份	刘云华

续表

序号	证券代码	证券简称	董秘姓名
5	600323	瀚蓝环境	黄春然
6	600376	首开股份	王　怡
7	600409	三友化工	刘印江
8	600478	科力远	伍定军
9	600502	安徽水利	赵作平
10	600509	天富能源	陈志勇
11	600535	天士力	刘俊峰
12	600585	海螺水泥	杨开发
13	600657	信达地产	石爱民
14	600664	哈药股份	孟晓东
15	600738	兰州民百	成志坚
16	600778	友好集团	王建平
17	600895	张江高科	朱　攀
18	601333	广深铁路	郭向东
19	601555	东吴证券	魏　纯
20	601566	九牧王	吴徽荣
21	601965	中国汽研	刘旭黎
22	603002	宏昌电子	黄兴安
23	900948	伊泰B股	廉　涛
24	000022	深赤湾	步　丹
25	000024	招商地产	刘　宁
26	000036	华联控股	孔庆富
27	000153	丰原药业	张　军
28	002082	栋梁新材	袁嘉懿
29	002254	泰和新材	迟海平
30	002303	美盈森	黄　琳
31	002305	南国置业	谭永忠
32	002447	壹桥苗业	林春霖

续表

序号	证券代码	证券简称	董秘姓名
33	002489	浙江永强	王洪阳
34	002496	辉丰股份	贲银良
35	002511	中顺洁柔	张海军
36	300111	向日葵	杨旺翔
37	300123	太阳鸟	夏亦才
38	300238	冠昊生物	周利军
39	300239	东宝生物	刘 芳
40	300262	巴安水务	王 贤

2014 年度"金治理投资者关系公司董秘奖"

序号	证券代码	证券简称	董秘姓名
1	600030	中信证券	郑 京
2	600062	华润双鹤	范彦喜
3	600068	葛洲坝	彭立权
4	600125	铁龙物流	畅晓东
5	600192	长城电工	白天洪
6	600223	鲁商置业	李 璐
7	600305	恒顺醋业	魏陈云
8	600351	亚宝药业	任蓬勃
9	600390	金瑞科技	刘 丹
10	600391	成发科技	陈育培
11	600429	三元股份	谷 子
12	600739	辽宁成大	于占洋
13	600748	上实发展	阚兆森
14	600767	运盛实业	姜慧芳
15	600777	新潮实业	何再权
16	600875	东方电气	龚 丹
17	600880	博瑞传播	张跃铭

续表

序号	证券代码	证券简称	董秘姓名
18	601118	海南橡胶	董敬军
19	601336	新华保险	朱　迎
20	601939	建设银行	陈彩虹
21	603766	隆鑫通用	黄经雨
22	000333	美的集团	江　鹏
23	000419	通程控股	杨格艺
24	000488	晨鸣纸业	王春方
25	000516	开元投资	管　港
26	000718	苏宁环球	刘登华
27	000786	北新建材	史可平
28	002064	华峰氨纶	陈章良
29	002216	三全食品	郑晓东
30	002228	合兴包装	康春华
31	002230	科大讯飞	徐景明
32	002300	太阳电缆	江永涛
33	002351	漫步者	李晓东
34	002404	嘉欣丝绸	郑　晓
35	002414	高德红外	陈丽玲
36	002540	亚太科技	罗功武
37	002586	围海股份	成迪龙
38	300010	立思辰	华　婷
39	300209	天泽信息	高丽丽
40	300255	常山药业	张　威

2015年度"金治理上市公司优秀董秘奖"榜单

（2016年1月13日发布）

2015 年度"金治理信息披露公司董秘奖"

序号	证券代码	证券简称	董秘姓名
1	600106	重庆路桥	张 漫
2	600121	郑州煤电	陈晓燕
3	600143	金发科技	宁凯军
4	600386	北巴传媒	王 婕
5	600577	精达股份	胡孔友
6	600701	工大高新	吕 莹
7	600706	曲江文旅	高 艳
8	600824	益民集团	钱国富
9	600875	东方电气	龚 丹
10	600896	中海海盛	胡小波
11	601088	中国神华	黄 清
12	601111	中国国航	饶昕瑜
13	601628	中国人寿	郑 勇
14	601789	宁波建工	李长春
15	000425	徐工机械	费广胜
16	002593	日上集团	钟柏安
17	300043	互动娱乐	杨 农
18	300210	森远股份	于 健
19	300219	鸿利光电	邓寿铁
20	300355	蒙草抗旱	尹松涛

2015 年度"金治理资本创新公司董秘奖"

序号	证券代码	证券简称	董秘姓名
1	600064	南京高科	谢建晖

续表

序号	证券代码	证券简称	董秘姓名
2	600136	道博股份	周家敏
3	600236	桂冠电力	张　云
4	600366	宁波韵升	傅健杰
5	600422	昆药集团	徐朝能
6	600565	迪马股份	张爱明
7	600754、900934	锦江股份	胡　曌
8	600771	广誉远	郑延莉
9	601009	南京银行	汤哲新
10	000901	航天科技	王玉伟
11	002023	海特高新	居　平
12	002354	天神娱乐	张执交
13	002425	凯撒股份	冯育升
14	002482	广田股份	朱　旭
15	002695	煌上煌	曾细华
16	300130	新国都	李艳芳
17	300159	新研股份	吴　洋
18	300287	飞利信	许　莉
19	300324	旋极信息	黄海涛
20	300343	联创股份	胡安智

2015 年度"金治理持续回报公司董秘奖"

序号	证券代码	证券简称	董秘姓名
1	600185	格力地产	黄华敏
2	600487	亨通光电	王　军
3	600622	嘉宝集团	孙红良
4	600804	鹏博士	任春晓
5	600887	伊利股份	胡利平
6	601599	鹿港科技	邹国栋

续表

序号	证券代码	证券简称	董秘姓名
7	601799	星宇股份	俞志明
8	601800	中国交建	刘文生
9	601877	正泰电器	王国荣
10	000338	潍柴动力	戴立新
11	000538	云南白药	吴 伟
12	000625	长安汽车	黎 军
13	002275	桂林三金	邹 洵
14	002561	徐家汇	王 璐
15	002690	美亚光电	徐 鹏
16	002701	奥瑞金	高树军
17	300003	乐普医疗	张 霞
18	300336	新文化	盛文蕾
19	300348	长亮科技	徐亚丽
20	300360	炬华科技	洪 军

2015 年度"金治理社会责任公司董秘奖"

序号	证券代码	证券简称	董秘姓名
1	600020	中原高速	许 亮
2	600057	象屿股份	高晨霞
3	600241	时代万恒	蒋 明
4	600320	振华重工	王 珏
5	600535	天士力	刘俊峰
6	600757	长江传媒	万 智
7	600777	新潮实业	何再权
8	600811	东方集团	邢 龙
9	600891	秋林集团	朱 宁
10	601258	庞大集团	刘中英

续表

序号	证券代码	证券简称	董秘姓名
11	601699	潞安环能	毛永红
12	603001	奥康国际	陈文堪
13	000090	天健集团	高建柏
14	000860	顺鑫农业	安元芝
15	002277	友阿股份	陈学文
16	002559	亚威股份	谢彦森
17	002620	瑞和股份	叶志彪
18	300070	碧水源	何愿平
19	300187	永清环保	熊素勤
20	300321	同大股份	于洪亮

2015 年度"金治理投资者关系公司董秘奖"

序号	证券代码	证券简称	董秘姓名
1	600093	禾嘉股份	徐德智
2	600138	中青旅	王 蕾
3	600161	天坛生物	慈 翔
4	600256	广汇能源	倪 娟
5	600325	华发股份	侯贵明
6	600335	国机汽车	谈正国
7	600511	国药股份	吕致远
8	600519	贵州茅台	樊宁屏
9	600720	祁连山	罗鸿基
10	600798	宁波海运	黄敏辉
11	601058	赛轮金宇	宋 军
12	601369	陕鼓动力	章击舟
13	000718	苏宁环球	刘登华
14	002030	达安基因	张 斌

续表

序号	证券代码	证券简称	董秘姓名
15	002177	御银股份	谭 骅
16	002438	江苏神通	章其强
17	002548	金新农	翟卫兵
18	300017	网宿科技	周丽萍
19	300056	三维丝	王荣聪
20	300363	博腾股份	陶 荣

2016年度"金治理上市公司优秀董秘奖"榜单

（2017年1月10日发布）

2016 年度"金治理信息披露公司董秘奖"

序号	证券代码	证券简称	董秘姓名
1	000333	美的集团	江　鹏
2	002062	宏润建设	赵余夫
3	002231	奥维通信	吕　琦
4	002378	章源钨业	刘　佶
5	002530	丰东股份	房莉莉
6	002541	鸿路钢构	汪国胜
7	002649	博彦科技	韩　超
8	002672	东江环保	王　恬
9	300073	当升科技	曲晓力
10	300194	福安药业	汤　沁
11	300403	地尔汉宇	马俊涛
12	600017	日照港	余慧芳
13	600028	中国石化	黄文生
14	600038	中直股份	顾韶辉
15	600051	宁波联合	董庆慈
16	600101	明星电力	唐　敏
17	600128	弘业股份	王　翠
18	600172	黄河旋风	杜长洪
19	600176	中国巨石	李　畅
20	600211	西藏药业	刘　岚
21	600229	城市传媒	马　琪
22	600248	延长化建	赵永宏

序号	证券代码	证券简称	董秘姓名
23	600604	市北高新	胡 申
24	600697	欧亚集团	席汝珍
25	600787	中储股份	薛 斌
26	600998	九州通	林新扬
27	601766	中国中车	谢纪龙
28	601901	方正证券	熊郁柳
29	603555	贵人鸟	周世勇
30	603808	歌力思	蓝 地

2016 年度"金治理资本创新公司董秘奖"

序号	证券代码	证券简称	董秘姓名
1	000413	东旭光电	龚 昕
2	000426	兴业矿业	孙 凯
3	000593	大通燃气	郑蜀闽
4	000839	中信国安	张荣亮
5	000890	法尔胜	张文栋
6	000918	嘉凯城	李怀彬
7	000971	高升控股	张继红
8	001979	招商蛇口	刘 宁
9	002010	传化智联	朱江英
10	002547	春兴精工	徐苏云
11	002590	万安科技	李建林
12	002719	麦趣尔	姚 雪
13	002721	金一文化	徐 巍
14	300162	雷曼股份	罗 竝
15	300401	花园生物	喻铨衡
16	600070	浙江富润	卢伯军
17	600109	国金证券	周洪刚

续表

序号	证券代码	证券简称	董秘姓名
18	600115	东方航空	汪　健
19	600210	紫江企业	高　军
20	600312	平高电气	常永斌
21	600515	海航基础	骞军法
22	600547	山东黄金	邱子裕
23	600593	大连圣亚	丁　霞
24	600705	中航资本	王晓峰
25	600751	天海投资	武　强
26	600978	宜华生活	刘伟宏
27	600986	科达股份	姜志涛
28	601100	恒立液压	丁　浩
29	603011	合锻智能	王晓峰
30	603368	柳州医药	申文捷

2016 年度"金治理持续回报公司董秘奖"

序号	证券代码	证券简称	董秘姓名
1	002718	友邦吊顶	吴伟江
2	000876	新希望	向　川
3	000926	福星股份	汤文华
4	000963	华东医药	陈　波
5	002267	陕天然气	梁　倩
6	002304	洋河股份	丛学年
7	002396	星网锐捷	刘万里
8	002543	万和电气	卢宇阳
9	002572	索菲亚	潘雯姗
10	002681	奋达科技	谢玉平
11	002682	龙洲股份	蓝能旺
12	300129	泰胜风能	邹　涛

续表

序号	证券代码	证券简称	董秘姓名
13	300388	国祯环保	李燕来
14	600398	海澜之家	许庆华
15	600458	时代新材	季晓康
16	600517	置信电气	牛希红
17	600519	贵州茅台	樊宁屏
18	600612	老凤祥	周富良
19	600639	浦东金桥	严少云
20	600663	陆家嘴	王 辉
21	600737	中粮屯河	蒋学工
22	600823	世茂股份	俞 峰
23	600846	同济科技	骆君君
24	600885	宏发股份	林旦旦
25	601939	建设银行	陈彩虹
26	603123	翠微股份	姜荣生
27	603168	莎普爱思	吴建国
28	603568	伟明环保	程 鹏
29	603606	东方电缆	乐君杰
30	603699	纽威股份	张 涛

2016 年度"金治理社会责任公司董秘奖"

序号	证券代码	证券简称	董秘姓名
1	000099	中信海直	徐树田
2	000538	云南白药	吴 伟
3	000709	河钢股份	李卜海
4	000908	景峰医药	欧阳艳丽
5	002094	青岛金王	杜心强
6	002135	东南网架	蒋建华
7	002154	报喜鸟	方小波

续表

序号	证券代码	证券简称	董秘姓名
8	002374	丽鹏股份	李海霞
9	002394	联发股份	潘志刚
10	002594	比亚迪	李 黔
11	002650	加加食品	彭 杰
12	002713	东易日盛	王 薇
13	300041	回天新材	章宏建
14	300146	汤臣倍健	胡 超
15	300190	维尔利	宗 韬
16	300320	海达股份	胡蕴新
17	600048	保利地产	黄 海
18	600081	东风科技	天 涯
19	600131	岷江水电	肖劲松
20	600449	宁夏建材	武 雄
21	600791	京能置业	朱兆梅
22	600794	保税科技	邓永清
23	600807	天业股份	蒋 涛
24	600834	申通地铁	孙斯惠
25	600893	中航动力	赵 岳
26	600897	厦门空港	朱 昭
27	600975	新五丰	罗雁飞
28	601328	交通银行	杜江龙
29	603288	海天味业	张 欣
30	603308	应流股份	林 欣

2016 年度"金治理投资者关系公司董秘奖"

序号	证券代码	证券简称	董秘姓名
1	000536	华映科技	陈 伟
2	000681	视觉中国	柴继军

续表

序号	证券代码	证券简称	董秘姓名
3	000686	东北证券	徐 冰
4	000919	金陵药业	徐俊扬
5	002055	得润电子	王少华
6	002086	东方海洋	于德海
7	002204	大连重工	卫旭峰
8	002285	世联行	袁鸿昌
9	002642	荣之联	史卫华
10	002644	佛慈制药	吕芝瑛
11	002688	金河生物	邓一新
12	002737	葵花药业	田 艳
13	300009	安科生物	姚建平
14	300115	长盈精密	徐正光
15	300150	世纪瑞尔	朱江滨
16	300233	金城医药	朱晓刚
17	300238	冠昊生物	周利军
18	300307	慈星股份	傅桂平
19	600011	华能国际	杜大明
20	600094	大名城	张燕琦
21	600132	重庆啤酒	邓 炜
22	600137	浪莎股份	马中明
23	600200	江苏吴中	朱菊芳
24	600235	民丰特纸	姚名欢
25	600616	金枫酒业	张黎云
26	600636	三爱富	李 莉
27	600673	东阳光科	陈铁生
28	600809	山西汾酒	王 涛
29	601898	中煤能源	周东洲
30	603100	川仪股份	杨 利

后记

见字如面，走过一个秋天

　　一叶落，知天下秋。提笔写这篇书稿，正是五色斑斓与落英缤纷的秋天。

　　长亭外，古道边，芳草碧连天。一如捡拾起古越道上那一串串清纯如诗的风中铃声，俯身拾起岁月流年勾画出的一串串跳跃的文字，分享给对财经感兴趣的各方人士和年轻一代，相约给那些或远或近的朋友们。

　　一叶一菩提，一秋一禅意。人间花木，看似无情，实则有心。就像许多朋友，可以好久不见，可以许久不联系，但不代表我不想你。一些故事，深藏在心底。一份情谊，持久芬芳着记忆。

　　淡墨素笺，岁月清浅。过往的美丽岁月，文字一直是我对外交往最好的名片。墨香萦绕的报纸，深深浅浅的稿件，每每作为对资本市场以及各方朋友们的表情达意。

　　提笔这篇书稿，洋洋洒洒的文字，虽非力透纸背，却是一直喜欢的散淡与情深。希望，继续把一份书香，作为与朋友们的相约与问候，作为带给朋友们的回忆与思考。

　　陪伴，是最长情的告白。资本市场一路风雨，既跌宕起伏，又荡气回肠。有幸，与那么多优秀人士一路同行，共同书写了中国财经业的精彩与纷呈，历史，终究将留下或深或浅的一笔。

红尘中的每一次遇见都写满珍惜。遇见就是最美的时光，相安便是最好的心暖。这也是我用一段笔墨，写了姐妹间情谊的初衷。母仪天下，衷心希望这个社会，对女性，对职业女性，对职业妈妈们，更多些体谅、包容与欣赏。

在走过二十载的财经媒体岁月后，开始隐约少了一份激情，多了一份平和，少了一份居高临下，多了一份谦卑之心。

岁月悠悠，人生丰硕。以最真的情怀，站成最美的守候。金色的秋天，意味着这是一个收获的时节。

月华似水，生命如圆。生命本是轮回，生命亦是一个圆。时光逝去，不过是一种必然。如今的许多行业，面临着被新技术的颠覆。传统媒体，亦非从前那样茂盛。

繁华落尽，一切又开始新的周期与轮回。那最初的梦，在一片花开花谢的痛楚之后，又迎来一季山花烂漫。

就在这个秋天，万般从容。秋日下，一抹笑容浅浅，在秋阳中淡淡。内心却有了更多的踌躇，是否要推出这篇书稿，畅谈逝去的往事流年。

转眼就走过深秋，迈进冬日。可爱小男生的生日逐渐临近，耳畔有隐约的圣诞歌曲开始奏响。新的一年悄悄来临。让我拿什么送给你，作为对你和那么多朋友们的深情祝福？

终于，见字如面，已走过五彩斑斓的秋天。见字如面，大约在2018新年的美丽冬日。

彼时，落雪无言，一心向暖。

二零一七年十一月